乐记 和刘雪枫一起听音乐

刘雪枫 —— 著

隐秘的 肖邦

北京大学出版社
PEKING UNIVERSITY PRESS

图书在版编目（CIP）数据

隐秘的肖邦/刘雪枫著. —北京：北京大学出版社, 2012.5
（和刘雪枫一起听音乐）
ISBN 978-7-301-20421-4

Ⅰ.①隐… Ⅱ.①刘… Ⅲ.①随笔-作品集-中国-当代 Ⅳ.①I267.1

中国版本图书馆CIP数据核字(2011)第267609号

书　　　名：	隐秘的肖邦
著作责任者：	刘雪枫　著
策划编辑：	梁　雪
责任编辑：	梁　雪
标准书号：	ISBN 978-7-301-20421-4/J·0431
出版发行：	北京大学出版社
地　　　址：	北京市海淀区成府路205号　100871
网　　　址：	http://www.pup.cn
电子信箱：	pkuwsz@yahoo.com.cn
电　　　话：	邮购部 62752015　发行部 62750672　出版部 62754962
	编辑部 62762022
印　刷　者：	三河市博文印刷厂
经　销　者：	新华书店
	880mm×1230mm　A5　8印张　166千字
	2012年5月第1版　2012年6月第2次印刷
定　　　价：	25.00元

未经许可，不得以任何方式复制或抄袭本书之部分或全部内容。
版权所有，侵权必究
举报电话：010-62752024；电子信箱：fd@pup.pku.edu.cn

目 录

001/ 我们要什么样的马勒?
005/ 命运的"指环"与爱情的"代价"
016/ 被索尔蒂的瓦格纳俘虏的日子
020/ 浪漫主义的遗珠
025/ "贝多芬年"的背影
030/ 再来一套"贝交全集"？！
035/ "乐圣"的心灵自传
039/ 理性、情感与诗意：德国音乐欣赏三境
044/ 让聆听巴赫成为"私密"
049/ 美女巴赫
054/ 隐秘的肖邦
058/ "饕餮肖邦"
062/ "肖邦年"里听《夜曲》

066/ 费城情结
070/ 不守成规的鹿特丹
073/《死城》和《佩利亚与梅丽桑德》
077/ 浪漫的喜剧？还是人生"宝鉴"？
——《玫瑰骑士》录音版本举隅
087/ "肯佩音响"举例
091/ 勃拉姆斯的"安魂曲"
095/ 舒伯特的960
099/ "英雄"与"诱惑者"的双重凯旋
103/《图兰朵》的"续写"与制作
108/ 时尚的《茶花女》
112/ "鲜为人知"的《玛捷帕》
116/ "正宗"西贝柳斯

121/ 并非"法式"的贝多芬
125/ 是施特劳斯,更是海顿
129/ "费城之声"或"爆棚"与"色彩"
133/ "学院派"的马祖卡
136/ 一门三杰闯天涯
139/ 羽佳现身,当此时也
143/ 小鱼儿与花无缺
153/ 古典音乐的"还魂丹"
157/ 来自南美的音乐精灵
161/ "节日乐团"传统的伟大代表
165/ 华沙爱乐:不仅仅是肖邦
168/ 怎样欣赏"世界最好的"青年乐团
173/ 在上海享受"布拉格之春"
177/ 曲目"错位"的新年音乐会
181/ 辉煌浩瀚的开幕盛典
185/ 到国家大剧院享受歌剧

189/ 纽约爱乐的"马"时代
193/ 英伦的德奥正统之声
197/ 顶级乐团的"新旧对决"
201/ "四重奏"大观
205/ 科隆的古乐竞技
209/ 克莱默与贝尔曼
213/ 克莱默的"王国"
217/ 贝尔与圣马丁的"天作之合"
221/ 徜徉于上帝呼吸间的羽毛
225/ 《浮士德》的伟大践行者
229/ 口味纯正的 ORFEO
234/ 夏夜雨中的老唱片
238/ "原版大师"的回归
243/ 长明的"聚光灯"
247/ 德国人的"荒岛唱片"

我们要什么样的马勒?

马勒回到了他的年代,马勒实现了喧嚣中的朴素和真挚。马勒的青春岁月在稚嫩而朝气蓬勃的"巨人""鲜花"意象中御风而来。

热衷听交响乐的人在聆听生涯的某一阶段，经常会产生一种高处不胜寒的惆怅感觉，就是"马勒之后听什么？"

马勒交响乐的诞生，马勒的复兴，聆听马勒，追捧马勒，都属于文化现象，而不仅仅局限于音乐本身。在中国听马勒曾经是知识界非常非常时髦的事情，有人把其概括为"马勒崇拜"。这种结论性意见很是危险，直接导致了在中国一段时间里，有头有脸的人耻于谈论马勒，更遑论喜欢得五迷三道、死去活来。当然，另一项自然法则也还在发生作用，所谓"长江后浪推前浪，前浪倒在沙滩上"，听马勒或以马勒作武器的人在恶劣的生态环境中，一代又一代成长起来，只是初衷不同，视角有变。可怜马勒的肖像在没来得及画完整的时候，已经被扭曲变形了。

在北京热演的人艺话剧《大将军寇流兰之悲剧》昭示了社会的动荡与城市的喧嚣，摇晃骚乱的开幕由震耳欲聋的重金属摇滚和马勒浩瀚宏大的第八"千人"交响曲助威，声势直冲瓦顶，直抵心窝，给予到场观众的震撼胜过一百年前的首演。马勒的亘古巨制在中国的规模效应因一部争观者众的话剧而达到2002年在保利剧院的"中国首演"所梦寐以求而不可得的效果。我的哀叹在于，当由专业音响系统传出的管风琴轰鸣伴奏着交响乐队及千人合唱回荡在首都剧场穹顶下时，毛鲁斯神父的赞美诗"欢呼造物主的圣灵降临"一下子被消解到覆盖圣俗两界的背景噪音的地步，马勒在中国的使命看起来走到头了。

马勒在中国的命运一定有全球的大背景，音乐会上演奏马勒不再时髦，以至于靠指挥马勒起家成名的西蒙·拉特尔在履新柏林爱乐乐团音乐总监的登基演出以浓郁的色彩和透支的激情为最通俗的第五交响曲添上重重的一笔之后,煞有介事地宣布将不再安排马勒作品进入今后的演出季。然而我们还是能够听到完全不同于拉特尔解读风格的马勒,确切地说,正是马勒经典的力量,唤起越来越多并不以诠释马勒见长的音乐家对马勒作出不同于传统风格的尝试。

当我们仍然把"马勒传统"划分为布鲁诺·瓦尔特和奥托·克伦佩勒的"正宗",约翰·巴比罗利和鲁道夫·肯佩的"传神",列奥纳德·伯恩斯坦和克劳斯·滕施泰特的"殉道",海丁克和贝尔蒂尼的"学术"几种流派时,殊不知马勒的饱含能量的情感特征在今天已无生存的空间。无论是演奏者还是欣赏者,就像吃腻了大鱼大肉的重油水一样,再也受不了撕心裂肺、泪水四溅的折磨,既伤身体又伤神。我们也再见不到像巴比罗利和伯恩斯坦那样真情投入的诚挚与赤子之心,也不指望年轻一代像昔日的阿巴多、西诺波利和拉特尔一般以承继道统为己任。

总之,今天的马勒,肥,厚,重,响……已到了被摒弃的时候,而瘦,薄,轻,透……渐成解读的旨归。无论是我在现场聆听的维尔瑟-莫斯特和奥科·卡姆,还是在唱片里听到的阿巴多、布莱兹,马勒越来越冷峻,越来越清澈,情绪的聚散不再是焦点,曾经无所不在的死亡的阴影化作身心的从容放松和淡然的面对。阿巴多以身患癌症之躯,刻画了具有里程碑意义的第六"悲剧"交响曲,那是跨越一道道生死之关的欣悦和满足,是参透人神两界的超脱与释放;布莱兹以当代伟大作曲家的身份,用十年之功完成马勒全部交响曲的录音,呈现出阶段性的感悟步伐,越到近处,越是物我两忘,清雅脱俗,马勒的血肉被剔尽了,只余清晰的骨骼供人瞻仰。

　　走得最远的是英国"古乐"大师罗杰·诺灵顿，他从执掌斯图加特广播交响乐团开始，便进入他的"本真主义"诠释理念的更高境界。他以现代乐队音响回归了贝多芬、舒曼和门德尔松，重现了勃拉姆斯在世所见证的光荣。现在他把他的实验性运用于马勒，说出来或听起来都是那么令人吃惊。在没有聆听诺灵顿的马勒之前，想象是没有边际的，因为这肯定不是勃拉姆斯或舒曼声音的再现；我是那么羡慕2005年的斯图加特贝多芬音乐厅的到场听众，他们亲身经历了一个历史时刻，一个犹如马勒复活的感人瞬间。那天演奏的第一交响曲还加上了后来被马勒删掉的"花之乐章"。记得马勒特意在第三乐章的乐谱上指示出低音弦乐器"不许揉弦"，其独特的音响效果曾经令滕施泰特在芝加哥音乐厅潸然泪下。而诺灵顿不仅在整部交响曲的演奏中实现了"不揉弦"，还根据历史的考证，增加了大量的滑音。马勒回到了他的年代，马勒实现了喧嚣中的朴素和真挚。马勒的青春岁月在稚嫩而朝气蓬勃的"巨人""鲜花"意象中御风而来。当"复兴"作为运动而尘埃落定之际，我们适时地迎来"本真"的马勒，它看起来听起来都比"真"还真实，因为它在百年的"轮回"之后，以时代的面目回归了时代。

　　当诺灵顿的马勒第二、第四、第五、第九交响曲的演出和录音相继问世之际，马勒的"惊艳"正像出水芙蓉一般洗亮了观者的眼睛，洗清了听者的耳朵。我们生长在这样的时代，真是有福！

命运的"指环"与爱情的"代价"

无论舞台装置和服装设计发生多么标新立异的变化,无论导演站在哪一种意识形态的立场上,《指环》的两个最基本的主题——命运与爱情力量的对抗,是永远不可能改变的。

即使再对瓦格纳反感的人，恐怕都无法抗拒《尼伯龙根的指环》的恢宏气概与充沛激情。在这部结构庞大的史诗剧中，瓦格纳将爱情的神圣感和崇高感以及足可摧毁一切的压倒性力量描述得淋漓尽致，使它在与命运的对抗中成为同归于尽的精神胜利者。

关于《指环》的主题，历来众说纷纭，莫衷一是，瓦格纳本人也始终没有明确阐述。进入20世纪后半叶的《指环》戏剧制作，根据戏剧本身多元的主题及丰富的思想体系，充分展开艺术创造的想象力，使得《指环》的故事背景能够跨越时空，紧贴时代，戏剧主题的发展常演常新，耐人寻味。

但是，就我目前所接触到的演出版本来看，无论舞台装置和服装设计发生多么标新立异的变化，也无论导演站在哪一种意识形态的立场上，《指环》的两个最基本的主题——命运与爱情力量的对抗，是永远不可能改变的。它们是《指环》中最动人的戏剧因素，也是瓦格纳继承和发展传统最可宝贵的东西，同时也是《指环》最具观赏魅力的场面。

拥有"指环"的代价

"指环"的前身是"莱茵的黄金"，它存在于莱茵河底，由莱茵河的三个女儿看守。尼伯龙族的侏儒阿尔伯里希潜入莱茵河底，希望能够获得莱茵河女儿的爱情，在饱受拒绝与羞辱之后发现了黄金，并偷听到关于黄金的秘密——谁如果用黄金锻造成一只"指环",谁就会享有世界的财富,并拥有无边的权力。但是,天真的莱茵的女儿又说了,只有放弃爱情的人才有锻造指环的魔力,而这样的人是不存在的,因为"谁活着都是为了爱"。瓦格纳在整部《指环》序幕中的序幕,便建立了这样的前提,"指环"的力量无边,但是占有它是要以弃绝爱情为代价的,这个代价甚至比生命还要昂贵。

刚刚还欲火焚身的阿尔伯里希在追求爱情无望的情况下,决心用指环的力量复仇,在把黄金抢到手中的时刻,他喊出了"我诅咒爱情"的绝誓。

众神之主沃坦在妻子的怂恿下,雇用巨人为神界建造瓦哈拉天官,同时采纳火神娄格的主意,以爱情与美丽女神弗莉雅作为报酬。天官建成以后,沃坦又变卦想以别的物品替换弗莉雅。娄格奉命走遍天涯海角,却总也找不到能够代替美丽与爱情的东西,直到他听到莱茵女儿的哭诉,一个侏儒因为要占有莱茵的黄金而将爱情诅咒。

娄格带回的消息令所有听到的人心态大变,巨人怕具有财富和权力支配能力的尼伯龙人从此对他们构成威胁,弗丽卡希望戴上璀璨夺目的黄金指环来保证丈夫的忠诚,而沃坦早就有掌握指环的野心,尽管他去抢夺的理由仍然是为了交换弗莉雅。

财宝、隐身盔和指环都从阿尔伯里希那里夺来了,但是最恶毒的诅咒也被阿尔伯里希附在上面:"每一个戴它的人都将死于非命","指环的主人就是指环的奴隶"。

沃坦给了巨人一切,却不肯将指环撒手,而巨人要的就是指环,为此他们也宁愿放弃爱情,放弃弗莉雅,他们认为拥有权力就会拥有一切。沃坦实在无法抵御指环的诱惑，任凭众神劝说也不想用它来换回弗莉雅。在此关键时刻，世界的始母、智慧女神埃尔达现身，她警告沃坦必须放弃指环，远离指环的诅咒，否则黑暗将降临神界。沃坦出于恐惧，不情愿地将指环交给巨人，结果立刻目睹巨人兄弟为争夺指环生死相搏，法夫纳打死法索尔特，将宝物据为己有，藏入洞穴，自己化身一条巨龙，日夜守护，再无任何生存乐趣可言。

后来沃坦与人间女子相恋，生下孪生兄妹齐格蒙德和齐格琳德，长大以后他们兄妹相爱，遭到齐格琳德丈夫洪丁的追杀。沃坦在婚姻与契约女神弗丽卡的胁迫下，违心地判决齐格蒙德被杀，同时又将违抗他的命令帮助齐格蒙德对抗洪丁的女儿布伦希尔德禁锢在火焰包围的岩石上，罚她沉睡，直到有一位能够穿越魔火的勇士把她吻醒。

这位勇士就是齐格蒙德的遗腹子齐格弗里德，他的母亲怀着他逃到法夫纳盘踞的洞穴附近，被一直觊觎洞中财宝的阿尔伯里希的弟弟迷魅碰到。齐格琳德生下孩子之后不幸死去，迷魅将孩子抚养成人，待齐格弗里德将父亲留下的碎剑重新铸成的时刻到来的时候，迷魅和阿尔伯里希开始实施他们谋划多年的夺宝计划。他们知道齐格弗里德一定能够杀死巨龙，便在奖励的酒中下了毒药企图诱骗齐格弗里德喝它。齐格弗里德杀死巨龙法夫纳，以龙血浴身从此刀枪不入，他用沾染龙血的手指碰了嘴唇，于是便可听懂林中小鸟警告他的语言。齐格弗里德毫不犹豫地杀死迷魅，将指环戴到手上，怀揣隐身盔上路，按照小鸟的指引去寻找一位爱人。

英雄齐格弗里德横空出世，杀死巨龙，粉碎尼伯龙人的阴谋，夺回指环，这一切令沃坦欣喜，以为从此会破除阿尔伯里希附在指环上的咒语，将指环还给莱茵河，天下从此太平。

为了考验齐格弗里德的勇气和力量，沃坦在通往布伦希尔德岩石的路上企图阻挡齐格弗里德，结果齐格弗里德无所畏惧，挥剑斩断沃坦的长矛，当年正是这杆长矛击碎了齐格蒙德的"诺通"剑，而今它被齐格弗里德重铸，威力更加惊人。

一切都是命中注定，沃坦期待的解救世界的高贵的勇士诞生了，然而众神之主的权威也遭到挑战，神界的末日已不可避免。沃坦怀着矛盾的心情黯然离去，他其实根本没有想到，因为齐格弗里德和布伦希尔德相爱的力量，以后会酿成更大的悲剧。指环的符咒并未解除，直到它真正回归莱茵河。

命运中的爱情

《尼伯龙根的指环》在前夜剧《莱茵的黄金》之后，以一场荡气回肠的爱情戏开场。这爱情在它还没萌生的时候就注定有一个悲惨的结局。沃坦当初的计划分两个步骤，第一个步骤是让齐格蒙德与齐格琳德兄妹从小失散，饱受苦难，以此磨砺他们的意志，培养他们的英雄气概，但是他没有想到他们重逢以后会兄妹相恋，而且爱得那么惊天动地。第二个步骤是齐格蒙德与洪丁决战会有两个结果，一个是齐格蒙德杀死洪丁，从此便成为人间对抗尼伯龙人复仇大军的主要力量；一个就是齐格蒙德战死（因为弗丽卡出于嫉妒心和契约与婚姻女神的职责，都不允许沃坦帮助齐格蒙德获胜），由女武神将他的尸体带入瓦尔哈拉天宫使他成为神，以助长神界的力量。但是这周密的计划完全忽视了爱情的力量。当齐格蒙德从布伦希尔德口中得知齐格琳德"只能呼吸大地的空气"而不能随他一起进入瓦尔哈拉天宫时，他宁肯不在天宫与父亲会面，即便布伦希尔德告诉他沃坦已经解除了附在诺通剑上的魔力，他与洪丁之战只有死路一条的时候，齐格蒙德也不愿与心爱的妹妹分开。只要能跟齐格琳德在一起，他宁愿被永远禁锢在地狱，也决不上瓦尔哈拉天宫。

齐格蒙德对齐格琳德忠贞的爱深深打动了布伦希尔德，她不由自主地也爱上了他的同父异母的哥哥齐格蒙德。为了这爱情，她居然也开始公然对抗沃坦的权威，不仅没有将齐格蒙德置于死地，而且还用盾牌保护他免遭洪丁伤害，终于迫使沃坦亲自出面用长矛击碎他曾经费尽周折送给齐格蒙德的宝剑。

布伦希尔德拾起齐格蒙德的碎剑，保护着齐格琳德快速逃离，她鼓励悲伤欲绝的齐格琳德生下腹中之子，并将他抚养成人，为他的父亲报仇，她为这个孩子起名"齐格弗里德"，意为"凯旋的英雄"。她哪里想到，她会被沃坦罚去沉睡，又偏偏等来了天下第一勇士齐格弗里德将她吻醒，并从此相爱。

震怒中的沃坦为维护自己的权威，不仅剥夺了布伦希尔德身上的神性，还残忍地罚布伦尔德在岩石上沉睡，任何一个路过的男人只要把她吻醒就可以娶她为妻。布伦希尔德苦求父亲设下障碍，希望能有一位无所畏惧的勇士以他的勇敢来接近她。沃坦被深深感动了,他悲伤地与爱女告别,在她沉睡的岩石旁布下娄格发出的魔火,自己去无助地接受命运的进一步安排。

齐格弗里德与布伦希尔德,两个顶天立地的人间英雄相爱了,作为爱情的信物,齐格弗里德把从巨龙那里夺回的指环赠与布伦希尔德,把它戴到爱妻的手上。崇高而纯洁的爱情被罪恶的指环蒙上命运的阴影,人间的悲剧与"众神的黄昏"都不可避免地发生了。

齐格弗里德离开了指环,但是他并没有把它还给莱茵河,所以他遭到命运的捉弄,注定陷入阿尔伯里希及其儿子哈根的毒计当中。哈根怂恿基比孔族首领冈特与驰骋莱茵河所向披靡的勇士齐格弗里德结盟,并把妹妹古特鲁妮嫁给他,而古特鲁妮也对大英雄仰慕已久,芳心暗许。哈根献上的奸计虽然卑鄙,却叫冈特兄妹难以拒绝,因为与齐格弗里德结盟意味着基比孔人的统治更加稳固。

齐格弗里德与冈特歃血为盟,接着喝下由美貌的古特鲁妮捧上的药酒,从此忘记一切前尘往事。他爱上了古特鲁妮并决定与她结婚,而哈根又指使冈特把独居岩石的布伦希尔德娶来做新娘。冈特深知自己的勇力不足以穿越魔火,便求齐格弗里德帮忙,后者竟欣然答应。

指环被齐格弗里德作为爱情信物赠与布伦希尔德,这一事实令沃坦及众神忧心忡忡,焦虑万分。布伦希尔德最亲爱的妹妹瓦尔特劳特下凡找到布伦希尔德,希望她能够将指环归还莱茵河,解除指环的符咒及其带来的黑暗阴影。完全沉浸在爱情幸福当中的布伦希尔德断然拒绝妹妹的请求,对于这珍贵的爱情信物，她就是死也不会放弃，就算瓦尔哈拉天官化为灰烬，也休想从她这里拿走指环。她当然不会想到，残酷的命运片刻间就降临到她的头上，头戴隐身盔的齐格弗里德以冈特的面目出现，他轻易地就突破了魔火的包围，不仅毫不费力地制服了布伦希尔德，而且从她的手上夺走了指环。

迷失本性忘却一切的齐格弗里德彻头彻尾地背叛了布伦希尔德，他把自己的爱人交给结盟兄弟冈特做了新娘。悲痛欲绝的布伦希尔德发现站在眼前的齐格弗里德根本不认识自己，而他的手上却戴着刚刚被从自己的手上夺走的指环。无论布伦希尔德怎样呼唤，齐格弗里德都对以前的事情毫无知觉。哈根趁机拿过长矛让齐格弗里德对着矛尖起誓，称如果有不忠实的行为，甘愿被长矛穿身而死。齐格弗里德哪里想到他的行为已经是双重背叛，既辜负了布伦希尔德，又没有对冈特兄妹说实话。

被背叛和欺骗折磨得失去理智的布伦希尔德狂怒之下誓要复仇！她要求貌似正义的哈根协助她杀死齐格弗里德，并告诉他齐格弗里德的死穴在后背，因为那里没有被龙血沾到。哈根为她制定了谋杀计划，欲在森林狩猎的时候行刺，再谎称他被野猪咬死向被蒙在鼓里的古特鲁妮交差。这个计划得到了冈特的允许，因为他也抵御不了指环所带来的"巨大神秘力量"的诱惑，而要想取得指环，就只有让齐格弗里德死，让他妹妹的爱情落空。

当狩猎的队伍路过莱茵河畔的时候，莱茵河的女儿向齐格弗里德索要指环，并警告他灾难即将临头，"编绳的诺恩女神已经把诅咒编进了原始法则的绳索中"。如果此刻齐格弗里德将指环归还是否就会避免悲剧的发生呢？从戏剧发展的逻辑方面看，这种情形不可能出现。齐格弗里德不仅拒不归还指环，而且还耍弄嘲讽了莱茵河的女儿，他甚至向她们索要爱情，说什么"如果你们赐予我爱情的喜悦，我就给你们指环"的话。他已经把指环当作他自己的财产，根本没有将指环的命运符咒放在眼里，用莱茵河女儿的话说，"他宣了誓，但不遵守誓约！他懂得符咒，但是不提防符咒！"公然与命运对抗的无畏英雄以他强大的力量加速将自己推入死亡的悲剧。

下手之前，残忍的哈根又让齐格弗里德喝下恢复记忆的解药，他又能听懂林中鸟儿的说话了，他回忆起从前的种种往事，向同伴述说他屠龙的伟绩，穿越魔火吻醒布伦希尔德并娶她为妻。听到这里首先吃惊地跳了起来的是冈特，他不敢相信自己的耳朵。恰在此时，沃坦派出的信使——两只乌鸦飞来盘旋在齐格弗里德的头上，当它们飞往莱茵河方向的时候，齐格弗里德猛然醒觉，将目光投向乌鸦，而将背部留给了哈根。哈根趁机宣布了齐格弗里德不忠背誓的罪状，并举矛刺向他的后背。

濒死的齐格弗里德头脑清醒地回忆起一切，他悲伤地向布伦希尔德表示忏悔，呼唤着心爱的人的名字颓然死去。

爱情的胜利

在齐格弗里德的尸体面前，哈根与冈特为指环展开争斗，冈特不敌哈根被刺死，古特鲁妮在心碎而死之前，道出事情真相：

"现在我才猛然明白,布伦希尔德是他喝药酒忘掉的真正所爱!"布伦希尔德此刻的头脑无比清楚,对悲剧的前因后果完全知悉。她知道,无论齐格弗里德是多么完美的英雄,无论他创造出多么英勇的业绩,无论他多么忠于对布伦希尔德的爱情,他都要被交给众神所遭受的诅咒,因为拥有指环就必然舍弃爱情。布伦希尔德再次沉浸在对往日甜美幸福爱情的回忆当中,她坚信她与齐格弗里德的爱情终会破除指环的魔咒。她让沃坦的乌鸦带信回瓦尔哈拉天宫,告诉众神她已经决定把指环交还给莱茵河的女儿,她要为齐格弗里德殉葬,让莱茵河的女儿从她与齐格弗里德的灰烬中取得指环,因为她要用燃烧的烈火和滔滔的河水清除指环上的咒语,"保留住光亮耀眼的纯粹黄金"。

布伦希尔德以她的性命再加上爱人齐格弗里德的性命的代价,将指环交回莱茵河。盗取莱茵黄金的阿尔伯里希的儿子哈根跳进莱茵河妄图再次抢回它,被莱茵的女儿拖入汹涌的洪水中淹死。指环的故事完成了一个轮回,都是在莱茵河底,由尼伯龙人盗取黄金始,由尼伯龙人抢夺指环失败丧命终。

尼伯龙人与莱茵的黄金仅仅是故事的起因,悲剧的真正根源是众神的贪欲与自私,这种贪欲与自私导致他们严重忽视了爱情。沃坦以爱情与美丽女神做建造瓦尔哈拉天宫的抵押与报酬,后来虽然慑于埃尔达的警告,不情愿地用从尼伯龙人那里强夺过来的指环换回弗莉雅,但是灾难的种子从此种下,命运的符咒如影随形。众神之主虽然想尽一切办法解除魔咒,但是在他的每一个周密的计划当中,都忽视了爱情的存在。而偏偏就是被他忽视的爱情,每每打乱他的计划。最后指环虽然被两代人培育的大英雄齐格弗里德从巨龙那里夺回，却又被作为爱情的信物赠与同样为了对抗命运符咒而生的布伦希尔德。爱情的力量如此巨大，大到无惧一切黑暗与凶险，大到敢于公开对抗命运，明知被诅咒也绝不在意。

拥有指环的代价是弃绝爱情，而拥抱爱情的代价是逃脱不了注定的命运，是生离死别，是同归于尽。然而，爱情仍然是战胜一切的力量，它体现了人类的尊严，人类的伟大，在崇高的爱情面前，众神、巨人、尼伯龙人都显得那么猥琐渺小，那么微不足道。只有爱情，才能最终解除魔咒，也只有爱情，才能一举摧毁众神的统治，彻底消灭灾难的根源。

布伦希尔德在《尼伯龙根的指环》的大结局中，不仅以熊熊燃烧的身体将指环带回莱茵河，杀死了阴毒残忍的复仇者哈根，而且她还将火把投掷到天上，让已经堆满木柴的瓦尔哈拉天宫及围坐在一起的众神一起化为灰烬。既然绝望的众神已经做好等待命运宣判的准备，那么就让他们随着他们贪欲的牺牲品一起毁灭吧。

布伦希尔德和齐格弗里德可以在另一个世界享受更加美好的爱情，布伦希尔德正是怀着这种喜悦骑着她的爱驹格拉纳冲入焚烧齐格弗里德尸体的烈火。"明亮的火焰席卷了我的心：要去拥抱他，要让他拥抱，在最强烈的爱情中永结百年之好！齐格弗里德！齐格弗里德！你看啊！你的妻子在极其幸福地向你问好！"

被索尔蒂的瓦格纳俘虏的日子

我知道,所谓被他的瓦格纳"俘虏"已经是情结所系,当初产生的些许疑虑竟也随斯人已逝的缅怀而荡然无存。

现在，我曾期望看到或听到的瓦格纳歌剧的唱片都摆在我的面前了。我原以为拥有它们还需要一段很长的时间，怎奈我的性子太急，为搜寻它们，真的用了"上天入地"的本事。当然，如果我生活在欧美或日本，这就不算什么大事儿。不过在那边一天就可以完成的事情被我花费近二十年才"大功告成"，其满足感自不一样。

我在今天已经拥有几百种瓦格纳的录音版本时，不能不说说我早年"被索尔蒂的瓦格纳俘虏的日子"，我曾经以为这是走的一段弯路，却在写作此文之时感到恍若隔世般的欣慰与满足。

二十余年前我买的第一套瓦格纳密纹唱片（LP）是乔治·索尔蒂指挥的《飘泊的荷兰人》，诺尔曼·拜利唱的荷兰人和马克·塔尔维拉唱的维兰德船长都很令人满意，尤其是女高音马丁，声线怪异偏执，有男性化的倾向。她在唱森塔的"荷兰船长叙事曲"时全情投入，效果惊心动魄。毫无疑问这套唱片代表了索尔蒂最高的歌剧艺术成就，仅就瓦格纳而言，它从整体上超过了《尼伯龙根的指环》和《唐豪瑟》，这也是虽然我已购买了这个版本的CD，但LP我至今仍舍不得放弃的原因。

因为有了《飘泊的荷兰人》的经验，我的第一个《罗恩格林》、《纽伦堡的工匠歌手》、《帕西法尔》和《唐豪瑟》竟都非索尔蒂莫属，还差一点把他的《特里斯坦与伊索尔德》一并拿下。如果不是在听索尔蒂版之前先听了让我至今仍感佩不已的卡拉扬版，那么当时价值两千余元的《尼伯龙根的指环》CD我也不会轻易把索尔蒂放过。那么极有可能的状况是，我的第一套瓦格纳全集将是索尔蒂一统天下。如果是这样的开始，就会使一切变得毫无意义和趣味可言。

　　现在回过头来检讨一下，当时确实是太迷信索尔蒂了，想来想去都是所谓的"录音效果"惹得祸。其实《帕西法尔》我先买的是卡拉扬版，还没有仔细听过，就被朋友手中的索尔蒂版的豪华演唱阵容吸引住了。当然最主要的诱惑还是索尔蒂，据说为这个录音，唱片公司满足了他对歌手的全部要求。我用我的卡拉扬版去和朋友手中的索尔蒂版在我喜欢的段落反复比较，特别是序曲和"神圣星期五"的那段管弦乐。平心而论，最后当然是卡拉扬版略胜一筹，因为在普通的播放器材上，数码录音总要比模拟录音有不小的优势。

　　正因听着换回来的索尔蒂版，我对索尔蒂开始逐渐产生疑惑。他的《帕西法尔》真的一点都不安静，听起来很累，这不是承载瓦格纳宏大叙事的那种累，而是感官的耳朵和心脏受不了。索尔蒂似乎有无穷无尽的精力，所以整部歌剧的演奏始终处于亢奋的状态。我说的亢奋是指"无终的"管弦乐总是缺少稳定感，我们在聆赏这部神圣的节日舞台祭祀剧的时候"心灵"竟然得不到半点松弛平静的机会，当然我们的注意力也不能因此而集中起来。

　　由于这部"吵闹的"《帕西法尔》，我开始摆脱索尔蒂的瓦格纳的"控制"。先是在《特里斯坦与伊索尔德》面前抵住了诱惑，即使那是传奇瓦格纳女高音妮尔颂全盛时期的演唱也只能忍痛割爱。但当时舍索尔蒂而取克莱伯，并且还花不菲的价钱，在今天看来仍有一点荒唐。当然，我到底还是太喜欢这部戏了，所以在买下了一连串卡拉扬版、富尔特文格勒版、伯恩斯坦版和伯姆版之后，还是忍不住将索尔蒂版收入囊中，不过这已经是十几年以后的事情了。

去年，当我下意识地将索尔蒂形同"鸡肋"的新版《纽伦堡的工匠歌手》买到手时，我知道，所谓被他的瓦格纳"俘虏"已经是情结所系，当初产生的些许疑虑竟也随斯人已逝的缅怀而荡然无存。

我现在听得较多的瓦格纳仍然是索尔蒂的《尼伯龙根的指环》，那堪称一代瓦格纳英豪的谢幕绝唱。

浪漫主义的遗珠

上帝降生齐格弗里德是用来消解瓦格纳的,或者更确切地说是来为他的父亲偿还什么。

我在刚刚进入的 2007 年最好的音乐礼物是从网上订购的唱片比预期到得要早一些。我对这批唱片所属的厂牌非常陌生，但它们的曲目对我的诱惑力竟是如此之大，我几乎不问品质就一口气订了齐格弗里德·瓦格纳乐队作品全集、汉斯·普菲茨纳乐队作品全集、路易斯·施波尔小提琴协奏曲全集。这些作曲家及其作品在普通音乐史上是不见踪影的，施波尔可能会在小提琴的专业史上有一个不重要的位置，普菲茨纳也不过是作为后浪漫主义的余音稍加提及而已。这样的音乐如果不去亲耳聆听，无论如何也想象不到它们是怎样地迷人，怎样地令人陶醉！在浪漫主义的洪流中，它们的价值也许微不足道，但对于音乐的聆听者来说，这样的音乐单纯而富于美感，并且具有某种程度上的综合性。

　　现代主义的应运而生在音乐发展史上代表着未来的方向，同时也是对 19 世纪后期浪漫主义的无边际泛滥的一种反动。矫枉必然过正，喜新方能厌旧，就连勋伯格都羞于启齿自己忠实追随浪漫主义精神的早期作品《古列之歌》，而今天这部继马勒《悲叹之歌》之后最感人心肺的大型交响康塔塔已经成为伟大的 20 世纪音乐的经典，它总结了过去，并开启了未来，其文献意义甚至超过马勒。

　　德国作曲家普菲茨纳的交响康塔塔《德意志之魂》具有和勋伯格《古列之歌》相等的历史地位，随着当今演奏曲目的日益拓宽，普菲茨纳的作品有越来越被重新发现和认识的趋势。他的歌剧《帕莱斯特里纳》上演和录音机会明显增多，而他的部分歌剧序曲更是频繁出现在音乐会的节目单上。20 世纪末的德国指挥家对普菲茨纳数量并不多的管弦乐作品尤其偏爱，特别是年轻的克里斯蒂安·蒂勒曼在 DG 唱片公司录制的第三张唱片便是普菲茨纳的序曲与前奏曲，并因此得到"普菲茨纳指挥家"的美誉。蒂勒曼掌管柏林德意志歌剧院期间，不遗余力地以上演普菲茨纳的歌剧为己任，居然以鼓吹"音乐国家主义"而蒙"为纳粹招魂"之污，这又是一个关于普菲茨纳音乐的敏感的社会历史问题。

不过非主流唱片公司似乎号准了一部分音乐爱好者的脉，成系统地将普菲茨纳的管弦乐作品录成唱片，指挥和乐团虽亦非主流，但纯粹以曲目赢得青睐。我在德国期间曾经买过一些这样的唱片，当时的感觉是如获至宝。这次从网上订到的所谓"乐队作品全集"却偏偏没有歌剧的序曲和前奏曲，倒是更合了我的心意。五张唱片包括三首交响曲、一首钢琴协奏曲、三首大提琴协奏曲、一首小提琴协奏曲以及一首小提琴与大提琴二重协奏曲，另有戏剧配乐《索尔豪格的节日》、悲歌与轮舞、乐队谐谑曲、幻想曲等，所缺的大概也只是戏剧配乐《海尔布伦的小凯蒂》而已，另外一部《圣诞节小精灵》因已改为歌剧，也便不被划归此类了。

瓦格纳的儿子齐格弗里德原本学建筑，后来在拜罗伊特节日剧院作导演和舞台设计，他的音乐课程来自瓦格纳的忠实信徒洪佩尔丁克，但我更相信其天赋得于瓦格纳和李斯特的传承。本来在这些唱片没有到来之前，我对普菲茨纳的期望远高于齐格弗里德，但从听上齐格弗里德的四张歌剧序曲与前奏曲的第一张开始，我的幸福感就弥漫了全身的每一个细胞。上帝降生齐格弗里德是用来消解瓦格纳的，或者更确切地说是来为他的父亲偿还什么。他的音乐是纯粹的童话世界，充满瑰丽的奇景和美妙的幻想；他的音乐语汇洁净而纤细，乐思丰沛而稳定，似乎可以无止无休地发展延伸下去。

因为有了齐格弗里德这样充沛的呼应，我也不再觉得洪佩尔丁克是一种异数，我甚至以为这是天意，冥冥之中的必然旨归。洪佩尔丁克一生奉献给瓦格纳，他在夫人的一再督促下写成的童话歌剧《汉赛尔与格丽泰尔》就像在瓦格纳的巨厦上生出的一株奇葩，而如今因为齐格弗里德的被发现，我好像看到这座日渐衰颓的巨型建筑上已经如枯木逢春般地长满了新生的花草。

瓦格纳只是一个方面，他完成了神话史诗，将童真的领地慷慨交给了儿子。齐格弗里德在音乐创作方面其实并没有任何使命感，他不知道他写了这么多童话题材的歌剧是为了什么样的目的，十五部歌剧在他生前从未有上演的机会，他的父母、他本人以及他的两位儿子和儿媳，他们是统治德国乃至欧洲一个多世纪的音乐戏剧界巨头，但是却没有人排演齐格弗里德的歌剧。这难道不是一件很刺激思考的话题吗？

《猎鹰公爵》、《熊皮人》、《和平天使》、《圣母堡的铁匠》、《快乐兄弟》、《黑天鹅》、《圣树》……都有着极美极美的音乐，美得没有一点人间烟火气，美得令人喜笑颜开，美得令人回肠荡气。齐格弗里德的音乐堪称德国浪漫主义音乐的极致，这种极致融汇了德国的山谷、河流、森林和城堡的表征元素，融汇了威伯、门德尔松和舒曼肇始的神秘和乐天的自然崇拜意象。

开阔的场面,高亢的号角,高贵而舒展的呼吸,扑面而来的春意融融,使我在听这样的音乐时除了"幸福"以外再也想不到别的字眼。是的,幸福,好久没有听音乐的幸福感了,这种幸福是远离悲哀远离感伤的,没有烦恼,没有焦虑,当然也就没了深刻,我甚至在齐格弗里德的音乐中听不到一点爱情的影子,但是这丝毫不影响它的浪漫。

单纯、天真、奇幻、瑰丽、梦境、热闹……孩子的世界也充满了令人感动的因素。这么好的音乐,有时我真以为也许它所感动的就是和我一样的成年人吧?究竟孩子们能否理解齐格弗里德的戏剧和音乐真是很难说。在听这些音乐的每一个万籁俱寂的午夜,在恋恋不舍地关上我的音响的那一个时刻,我都不由自主地问道:瓦格纳的儿子到底是为了什么样的缘由写下这些有可能永远没有上演机会的音乐呢?

「贝多芬年」的背影

我听格丽茂的贝多芬、舒曼、肖邦和拉赫马尼诺夫，总有遭遇命运不幸作曲家的慰藉者和守护神的感触。我们也可以把格丽茂的贝多芬理解为时尚的解读，但这种时尚是美的极致，而非哗众取宠，随波逐流。

2007年是"乐圣"贝多芬逝世第一百八十个年头，全球音乐家和交响乐团都或多或少安排了贝多芬音乐的演出和录音。唱片界虽然没有像DG唱片公司在1997年贝多芬去世一百七十周年那样，隆重推出由八十七张唱片组成的拥有空前豪华阵容的"录音全集"，但是SONY/BMG将旗下数个厂牌产品整合出来的六十张"纪念特辑"以及EMI的五十张"特辑"都仍可以作为"非学术"的"欣赏全集"看待。特别是EMI"特辑"，即便收入的多为廉价版内容，也有为数众多的"名版"和"珍稀版"令人爱不释手，收藏价值十分明显。

相对2006年的"莫扎特年"而言，2007年的"贝多芬年"显得冷清许多，至少在庆典活动方面，并不突出。然而对于这一年面世的新唱片，我认为有几款值得给予相当程度的关注。毕竟向作曲家最富纪念意义的致敬，首先体现在对作曲家音乐作品做更深入更新颖的解读和诠释，这是历史赋予我们这个"诠释时代"的使命。

经常有人问我，有没有一套"好的"贝多芬交响曲全集"新录音"？所谓"新录音"应当指的是最近十年，或者干脆就是进入新世纪以来的录音。在我看来，在这个时间段里诞生的优秀的版本应当不出阿巴多指挥柏林爱乐（2001）、拉特尔指挥维也纳爱乐（2002）、诺灵顿指挥斯图加特广播交响（2004）、海丁克指挥伦敦交响（2006）和普雷特涅夫指挥俄罗斯国家乐团（2007）。后两个版本都应当看作为"贝多芬年"的献礼，而事实上它们的优异而特殊的表现正是献给贝多芬最有意义的礼物。

伯纳德·海丁克的演绎透出十分的谨慎和老辣，他不放过每一个细节的精心布局,对烂熟于胸的音乐做不见痕迹的新解,在节奏、织体、音色等方面都重新塑造出属于自己的心得,尤其回避了八旬老人容易出现的迟缓与拖沓,相反却显得气势格外凌厉严峻,快板乐章如急风骤雨,没有一丝松懈的迹象。这是老一辈指挥大师在新时期最后一抹亮色,没有倚老卖老,没有孤芳自赏,壮年或晚年贝多芬的心境呼之欲出。

俄罗斯钢琴家、指挥家普雷特涅夫在与他创办的俄罗斯国家乐团之间的合作沉寂一段时间之后,在贝多芬的年度里获得一次"大爆发"。与俄罗斯另一位指挥大师格吉耶夫不同,普雷特涅夫艺术的西方化十分明显,他对德奥音乐情有独钟,曾经的威伯和贝多芬都有很好的成绩。2007年,他不仅如"横空出世"般一次性推出贝多芬九部交响曲,还与克里斯蒂安·冈什指挥的该乐团录制了五部钢琴协奏曲。对于普雷特涅夫的才气以及该乐团的素质不应有任何怀疑,即便有评论家认为普雷特涅夫的贝多芬反映出标新立异或实验的倾向,我也认为这两套贝多芬具有非凡的聆听价值。且不谈普雷特涅夫作为钢琴家在协奏曲演绎上表现出十足的个人品味,他在九部交响曲里所传达的音乐信息令人耳目一新,既有扑面而来的鲜活,又洋溢着唯美时尚的魅力,同时也深具直达肺腑、直抒胸臆的感染力。普雷特涅夫的贝多芬既是青春的浪漫的,又是深沉的现实的;既是热情似火的,又是冷若冰霜的;既是矫情朦胧的,又是骨感清瘦有着绝对音乐之美。听普雷特涅夫的贝多芬,是一次对"可能性"误读的"误读",是一次贝多芬认知能力的临界体验,虽然上升不到"解构"的高度,但贝多芬再也不是"人民的贝多芬"

了。对某些抱残守缺的人来说，普雷特涅夫的贝多芬也许意味着"信念的毁灭"。

与普雷特涅夫的贝多芬殊途同归的是女钢琴家海伦·格丽茂的降 E 大调第五（皇帝）协奏曲和奏鸣曲第 28 号。格丽茂继续保持她在第一张 DG 唱片"信经"中"暴风雨"和《合唱幻想曲》的独特风貌，既有平衡中的不规则，又在优雅中透出狂野。格丽茂是音色表现力的天才，却于灿烂华丽中不失精神性；格丽茂又是至情至性的，她的深情倾诉具有令人刻骨铭心的诱惑，还略带不可逼视的神经质的痉挛。我听格丽茂的贝多芬、舒曼、肖邦和拉赫马尼诺夫，总有遭遇命运不幸作曲家的慰藉者和守护神的感触。我们也可以把格丽茂的贝多芬理解为时尚的解读，但这种时尚是美的极致，而非哗众取宠，随波逐流。

同样是 2007 年度的贝多芬，郎朗与埃申巴赫指挥的巴黎乐团合作的第一、四协奏曲牢牢屹立在欧美各大排行榜，同时还获得格莱美大奖的"协奏曲奖"提名，夺魁呼声甚高。这就呈现出当下古典音乐唱片市场一个司空见惯的"怪"现象——叫好并不叫座。格丽茂的唱片销量无法去和郎朗比，当然她的品味和境界也是郎朗根本无法企及的，她的唱片的录音信号拾取甚至都比郎朗结实、自然、内敛、细致，可见是 DG 在有意打造两种不同风格的钢琴家和贝多芬。

在小提琴协奏曲方面，有两个录音值得一提。新签约 DG 唱片公司的小提琴家瓦吉姆·列宾，把他的梦想留给最好的唱片厂牌、最好的指挥（穆蒂）与乐团（维也纳爱乐），以虔敬的歌唱和温暖的色彩为贝多芬"心爱的儿子"做了一次体量宏伟的献祭。这张唱片同时还收录了他与阿格丽希合作的《克莱采奏鸣曲》，钢琴声部的欢愉大气支配了小提琴的优雅和彬彬有礼，正是在"师奶"阿格丽希的映衬下，列宾的"克莱采"成为他艺术生涯进入成熟期的见证。伊莎贝尔·浮士德与捷克指挥家贝洛拉维克指挥的布拉格爱乐乐团合作的版本当然无愧于"新时期"所赋予的意义，年轻的美女塑造了凌厉而冷峻的音色，并相得益彰地采用了贝多芬为"钢琴版"写的华彩乐段，在整体结构上更为和谐一致。协奏的乐团同样奉献了不同于维也纳爱乐的声音，织体清澈，音响的末梢反应极细腻又敏锐，这是容不得丝毫疏忽与失误的贝多芬，热忱埋藏在底层，如寂静的火山展示它迷人的巍峨。

再来一套"贝交全集"？！

对于贝多芬的交响曲来说，"最佳版本"永远没有"唯一"，因为任何一种风格及方法的诠释，都是观照世界的一种角度。

在期待陈燮阳指挥上海交响乐团全新制作的贝多芬交响曲全集"实况录音"之前，我刚刚听到的是斯坦尼斯拉夫·斯克洛瓦切夫斯基指挥萨尔布吕肯广播交响乐团和鲁道夫·肯佩指挥慕尼黑爱乐乐团的版本，尽管一个是新录音一个是老录音，但只要是没听过的，指挥家又是你所熟悉甚至喜爱的，那么，他们的贝多芬为你展示的永远是未知的世界。我们再也不会经历第一次聆听贝多芬英雄交响曲的极度狂喜和美妙的时刻，但是任何一个崭新的或者陌生的贝多芬，都会刺激你的味蕾，调整你的目光，触及你的心灵……

对于贝多芬的交响曲来说，"最佳版本"永远没有"唯一"，因为任何一种风格及方法的诠释，都是观照世界的一种角度。对尼基什和威恩加特纳的学术上的肯定，对富特文格勒无保留的赞美，对克纳佩尔茨布什由衷的折服，对托斯卡尼尼出自感官愉悦的喝彩，对瓦尔特情深意切的亲近，对克伦佩勒毕恭毕敬的尊崇，对孔维奇尼深得我心的倾慕……所有这些，构成我的早期贝多芬聆听经验。但是，对于贝多芬的交响世界来说，这些都还远远不够，它们所提供的仅仅是"必读书目"而已，这使我想起在大学研习历史的时候，作为基本教程的"中国通史"便有范文澜本、郭沫若本、翦伯赞本、白寿彝本，再进而涉及吕思勉本、周谷城本等。而随着历史的推移，越来越多的"通史"书籍涌现，我们的选择甚至可以是来自异域的剑桥版和哈佛版。

这就是为什么我们在聆听贝多芬交响曲的时候，一方面对克莱伯父子、穆拉文斯基、舍尔欣、巴比罗利、切利比达克等人推崇备至，另一方面却对他们始终未将"全集"克尽全功抱以深深的遗憾。在这种唱片聆听及收藏的惯性里，阿本德洛特、伊瑟施泰特、约胡姆、舒里希特、库贝利克、莱因斯多夫等人的"全集"文献录音便特别值得珍视，而录音工业的黄金年代里诞生的克路易坦、伯姆、卡拉扬、朱利尼、伯恩斯坦、索尔蒂、马舒尔、海丁克、旺德、萨瓦利什、科林·戴维斯等都各有其传世价值。更新一些的录音出自"中生代"之手，无论是小泽征尔还是祖宾·梅塔，阿巴多还是多纳伊，穆蒂还是巴伦波伊姆……每一个"全集"的诞生都会是古典录音界最热门的话题，目标也直指该年度的重要奖项。

进入新世纪以来，先后有阿巴多指挥柏林爱乐乐团（他的第二个全集录音）、拉特尔指挥维也纳爱乐乐团、诺灵顿指挥斯图加特广播交响乐团、斯克洛瓦切夫斯基指挥萨尔布吕肯广播交响乐团和普雷特涅夫指挥俄罗斯国家乐团的"崭新"录音，这种"崭新"包含乐谱和解读两个方面，为从广度与深度两个层面理解贝多芬再次提供了"与时俱进"的测试标准。

诠释贝多芬，如果不是墨守成规，如果不是模仿抄袭，如果对贝多芬一往情深，如果从来不觉得贝多芬过时老套，就一定会有常演常新常听常新的共识与默契。如果贝多芬的交响曲是交响乐世界的"圣经"，那么每一个演奏版本所提供的便是开启大千世界"多重门"的密钥。如果"圣经"可以研读终生，贝多芬的交响曲便永远为进入的途径展现多维的无限可能性。

我曾经在粉碎"四人帮"之后的1976年的深秋，按着庄严的预告，顶住浓浓的困意，守在半导体收音机前，等待着李德伦指挥中央乐团发出久违经年的"英雄"交响曲的前两个和弦。

那种幸福感在我来说，不亚于玩味瓦尔特不朽名言的感受，他说：假如让我回到第一次聆听"英雄"交响曲的时刻，我愿用生命去换！是的，我们的音乐聆听历程由多少个"第一次"构成，它使音乐的接受，如"发现之旅"一般神奇而莫测，神圣而感人。

录音磁带时期，我听过我们自己的"第一次"，那是由李德伦、韩中杰和秋里等前辈创造的贝多芬交响世界，上面有深刻鲜明的社会主义印记，既有孔维奇尼的绵厚，又有穆拉文斯基的粗暴，是克伦佩勒一样的大线条，却不乏卡拉扬的制度化格式。这个版本对我的意义还在于我不知道它的具体录音时间，但正是在那个时间段里，我在政协礼堂、海淀剧院甚至北大的大饭厅，听过无数次现场音乐会。虽然录音全部奢侈地来自"录音棚制作"，但那种声音的风格与我在现场听到的如出一辙。我也曾经在1980年代听过陈燮阳指挥中央乐团的现场音乐会，至今记忆犹新。相对于李德伦和韩中杰，陈燮阳的风格受俄罗斯的影响要少一些，他的流畅线条和色彩的鲜活也许更接近1970年代的卡拉扬，所以他的贝多芬和老柴在那个年代给予我的是华丽和张扬，第一次以开放的姿态指导了我走进贝多芬交响乐的多方向思维。

当以降低制作成本为主要目的的"实况录音"大行其道的时候，当越来越多的爱乐者信奉切利比达克"录音室录音等于罐头"的信条时，"实况录音"不再仅仅具有文献资料价值，而变为"真实还原音乐"的宏大命题。进行"实况录音"的基本条件是音乐表演场所的专业性，这在从前的中国是不可逾越的障碍，而在今天的上海和北京，还有广州与深圳，那么多高水准的音乐厅正在或即将成为优秀录音诞生的摇篮。当陈燮阳老先生以"如履薄冰""诚惶诚恐"的态度精心研制他的最新"贝交全集"时,我们有理由相信,陈燮阳、上海交响乐团、上海音乐厅,将会以三位一体的形态呈现出代表中国气派和诠释风格的"贝多芬交响乐之声"。身为中国人,又是一个热爱音乐热爱贝多芬的中国人,无论已经听了多少套"贝交全集",都能够以好奇而虔敬的心态,将陈燮阳新版置于聆赏计划之中。

再来一套?是的,再来一套!因为只有贝多芬,只有贝多芬的九大交响曲,才会使急于一听的欲望永远没有餍足!

补言:我的文中没有提及以音乐演奏的"本真运动"为背景的"时代乐器"版的贝多芬交响曲全集,因为在这一类型的版本之间作比较,常常会无奈地舍弃指挥家的个性痕迹。所谓"本真",就是追求与"时代之声"的无限接近,在这个层面上,约翰·艾略特·加迪纳、克里斯托夫·霍格伍德、特里维尔·平诺克、弗朗斯·布吕根、罗杰·诺灵顿等人的版本几乎只有乐谱和速度方面的差异。而在我看来,整体最接近时代精神的竟然都是并没有使用"时代乐器"的"现代乐队"版,比如尼克劳斯·哈农库特指挥欧洲室内乐团、查尔斯·麦克拉斯指挥苏格兰室内乐团和罗杰·诺灵顿指挥斯图加特广播交响乐团的版本。它们诞生于新的世纪之交,是我们时代对音乐史和贝多芬诠释史伟大的贡献,而这个贡献的分享者,我希望能够将陈燮阳、上海交响乐团、上海音乐厅和我们所有准备"再来一套"的爱乐者的名字放进去。

"乐圣"的心灵自传

三十二首钢琴奏鸣曲与其说是钢琴艺术的"新约",不如说它是贝多芬的"心灵自传"来得更为贴切。

我一直坚持不懈地向喜欢贝多芬的朋友推荐他的三十二首钢琴奏鸣曲，我甚至认为贝多芬的交响曲容易产生误导作用，把聆听者的思想引入歧途。在我看来，贝多芬只有两部交响曲是完全真实的——真实的思想，真实的情感，真实的表现形式……这是我格外喜爱 D 大调第二交响曲和降 B 大调第四交响曲的理由，全不管专家学者会怎样笑我。

但是我喜欢贝多芬钢琴奏鸣曲的每一首，因为它们在贝多芬作曲生涯中均匀的分布，因为它们各自结构形态的推陈出新，因为它们所反映的精神性的多层面，以及关涉内在情感的无穷无尽，还有它们对由自然扩及宇宙的宽泛描述，使我深深体验到贝多芬庞杂而矛盾的知识结构是怎样一种发展脉络，又是怎样一种自我厮杀、自我消解。三十二首钢琴奏鸣曲与其说是钢琴艺术的"新约"，不如说它是贝多芬的"心灵自传"来得更为贴切。如果再加上《英雄变奏曲》和《迪亚贝利变奏曲》，这个自传就会更加完整，因为贝多芬在生命的最后五年停止了钢琴奏鸣曲的写作，而《迪亚贝利变奏曲》便可以看作是对三十二首奏鸣曲的"系年小注"，它恰好是三十二个变奏，而委托人迪亚贝利的命题初衷只需要不到十个变奏。

我说我喜欢三十二首中的每一首，因此我不能同意被出版商和评论家强加于部分作品的标题。"悲怆"是经过贝多芬首肯的，"告别"是贝多芬本人的意思，"华尔斯坦"是因为被题献人与贝多芬的特殊关系，"哈马克拉维尔"是一个包含沙文主义的多余名称，除此之外的所谓"暴风雨"、"热情"、"月光"、"黎明"、"田园"等，莫不是误会和错位的产物，其中甚至还含有庸俗化的成分，比如脍炙人口的"月光"故事，不禁纯属虚构，而且完全不符合第二、三乐章的意境。

听贝多芬的钢琴奏鸣曲，就应从第一首听起，那是沿着海顿和克莱门蒂的轨迹走来的清晰脚印，作为"作品2"的前三首正是题献给海顿的，他是贝多芬第一个古典主义的老师。作于1796年的第四首已经呈现天才里程碑的端倪，第一乐章宏伟的架构和充分展开的发展部以及第二、三乐章的细致精美，无不打下贝多芬风格的浓重底色。到第八首C小调"悲怆"，"伟大的贝多芬"已彻底脱颖而出，这是属于贝多芬的苦难和汹涌的波涛，是照亮贝多芬心房的和煦明媚的阳光，是扫除一切阴霾的强大的生命力，正像D大调第二交响曲一样，贝多芬用发乎心灵的音乐克服了烦恼与不幸，将精神的欢乐掌握在自己手中。

"悲怆"之后，贝多芬再无自怨自怜。"华尔斯坦"洋溢着青春期的追忆和梦幻，那是多么令人欣悦的情绪，二、三乐章的美妙衔接唱出人生最满足的歌谣。巴克豪斯在奥地利奥西亚赫湖畔修道院教堂的"天鹅之歌"竟然丝毫嗅不到死亡的气味！"暴风雨"是对坚定信仰的确定，是意志力骄傲登场的风光无限。法国美女钢琴家海伦·格丽茂将它和《C小调合唱幻想曲》及阿沃·帕特的《信经》录在一起，可谓独出机杼。"热情"才是真正的"暴风雨"，不是来自天地，而是出于内心。呼啸的激情，幽深的力量，内省的革命，无怪乎它是列宁的最爱！还有哪位钢琴家能够演绎出吉列尔斯那样饱满的厚度，那样结实的质感，那样熔岩喷涌的热度！

最后五首都没有标题是因为贝多芬彻底进入隐秘世界，他的耳朵聋了，却在内心深处听到了音乐的玄妙。作品106的"哈马克拉维尔"掀起了第一个"心灵风暴"，它以庞大的交响曲结构开始，在精巧的过渡之后，迎来"全人类集体痛苦之墓"的第三乐章，这是比例超常的长大乐章，贝多芬把它视为"神圣的安慰"，"上帝在这里，歇息一下好好侍奉他吧！"多么美好幸福的时刻啊！就像D小调第九交响曲"欢乐"到来之前那一唱三叹的徜徉一样，这就是真实的贝多芬，常常深陷幸福的憧憬中不能自拔，将他的善良和温柔坦露无遗。从这种情感出发，我们怎能不对布伦德尔1995年的音乐会实况录音刮目相看，尽管我曾现场聆听过波利尼的演奏，但给我印象深刻的仍是布伦德尔的唱片。

如"魔咒"一般的作品111是三十二首奏鸣曲的"封顶之作"，我很愿意相信这样的断言——同时演奏这首如阴阳两极的双乐章奏鸣曲的钢琴家还未诞生。是啊，人间与天堂，今生与来世，此岸与彼岸，物质与精神，肉体与灵魂……这些对立的因素又怎能在一个凡人身上获得统一？贝多芬就这样将奏鸣曲式解构了，主题的冲突被平分了，多么无奈的折衷！多么令人惆怅的结局！但是，还是坚持把它听完吧，贝多芬在音乐行将结束的时候，用催眠般的宁静抚慰了骚动的灵魂，用彼世之光照亮了此在，飘渺的似失去全部重量的琴音，使执著的生命不能承受纯洁之轻。如此，贝多芬的圣徒之路完成了修道的循环。

理性、情感与诗意：德国音乐欣赏三境

巴赫、门德尔松和舒曼以及瓦格纳不仅是正统德国音乐不同阶段的代表，他们的音乐内容也分别彰显了德国文化中的三个重要范畴，即理性、情感与诗意。

对音乐的感觉永远在当下。这句话在今天感触尤其深刻。当我多次被迫做出我对德国音乐的个人选择时，我的答案总是颇费踌躇，前后不一。德国音乐历史悠久，发展过程中既自成体系，又博采众长，惠及他国。博采众长指的是它先后受到意大利和法国的影响，惠及他国则有亨德尔之于英国音乐，莫扎特、贝多芬和勃拉姆斯之于维也纳音乐。虽然在今天我很不情愿将莫扎特（他的出生地萨尔茨堡在当时属于巴伐利亚公国辖境）、贝多芬和勃拉姆斯置于正宗德国音乐之外，但是我即将说到的德国音乐欣赏"三境"却为纯粹计而刻意回避了奥匈系统。在我看来，我最近经常聆听的巴赫、门德尔松和舒曼以及瓦格纳不仅是正统德国音乐不同阶段的代表，他们的音乐内容也分别彰显了德国文化中的三个重要范畴，即理性、情感与诗意，以其概括欣赏德国音乐的三重境界，正是我多年来对德国音乐情有独钟的宝贵心得。

约翰·塞巴斯蒂安·巴赫的音乐植根于德国中部的宗教文化土壤，马丁·路德翻译的德文《圣经》为巴赫的大量"职务作品"提供了坚实的文本支持和受众拥戴。尽管我不否认现实社会中的巴赫是一位情感丰富的人，但他的音乐无论是器乐还是圣乐，无不受到理性的制约，其中甚至能够感觉到作为清教徒的"禁欲"的意味。当然，从理性角度出发，巴赫的音乐所描述的是人与上帝之间的关系，是神对人类的悲悯，人类对神的虔诚的信任与依赖。这里没有小我，只有大我；没有索取，只有奉献。巴赫生活中的世俗性与音乐中的神性，构成了德国音乐理性主义时代的奇观，似乎已经预见了启蒙时代的曙光。

巴赫正是以音乐诠释了神与宇宙的关系，用音符的结构描摹了世界的结构。

聆听巴赫的音乐毫无疑问能够唤起心中的崇高，但这种崇高其实已经与人的个体无关了，比如《马太受难曲》和《约翰受难曲》以及《B小调弥撒》都是可以作为最好的宣教书的，它首先唤起的是人的悲悯自责之情，在耶稣受难的故事中赞颂牺牲精神，期待被拯救的喜悦。在巴赫那里，音乐的力量就是让心中的爱自然发生，这是大爱，是泛爱，与基督教义同出一辙。我们也可以把《戈德堡变奏曲》《平均律》《无伴奏小提琴奏鸣曲与帕提塔》《大提琴组曲》当做日常生活的"圣经"，它们确实能够起到涤荡心灵、舒缓神经的作用。如果对这样的音乐着迷，生活便有可能趋同于巴赫的取向，既世俗又满足，既单纯又快乐，既清心寡欲，又充满无限激情。

孕育巴赫的德国却偏偏是浪漫主义音乐的滥觞。德国的早期浪漫主义音乐表现在对大自然的依恋和对个人情感的表达，分别以卡尔·玛利亚·威伯和罗伯特·舒曼为代表。限于篇幅并为了切题，这里暂时略过威伯。与舒曼同时代的门德尔松－巴托尔迪同样是情感充沛的作曲家，因为他对巴赫的发现与认同，我们甚至可以把他当做德国音乐的"道统"维系者来看待，尽管他的音乐与巴赫大相径庭。或许我们今天仍然对门德尔松的交响乐作品津津乐道，但作为巴赫的守护神，他的清唱剧《保罗》和《以利亚》更应该受到重视，它们借鉴了巴赫的风格，却使浪漫主义的情感因素渗透其间，让神和圣徒也像人类一样情绪跌宕，感同身受。舒曼也有类似的作品，《天堂与仙子》

不仅意境极美,而且爱意浓郁,在富于神性的故事中织入人间的喜怒哀乐,爱欲纠结,内在的骚动,救赎的渴望。

细腻而丰满的情感描绘是门德尔松和舒曼钢琴作品的主要特征,无论是《无词歌》还是《狂欢节》和《童年情景》都是内心的独白、诚挚的倾诉。我们再也看不到巴赫式的世界结构的缩影,听到和感觉到的都是一个有着七情六欲的人的情感世界,充满个性,生动鲜活,充分体现了人性挣脱羁绊的张扬和奔涌。

门德尔松和舒曼的浪漫主义非常典型,他们都将文学引入音乐,并对两者报以足够诚意。门德尔松天性中有圣徒的基因,所以他挥霍无度地燃烧自己的生命,在音乐的操劳中英年早逝。舒曼点燃的是自己的灵魂,他脆弱的神经中枢盛不下情感的洪峰,终使泛滥的情感毁掉自己的肉身,这又是德国文化史上屡见不鲜的奇特现象。

诗意的哲学是德国文化的解药。歌剧作曲家瓦格纳拥有强大的内心世界,所以他不仅以诗意构建了"综合艺术品"的巨厦,而且将德国音乐的表现力推向极致。他用浪漫主义最繁复的音乐语言,从具象与抽象两个层面,描摹了想象世界的结构,刻画了神、半神半人和人以及更低级种族的思想与情感。他在精神上复活了古希腊的诗情,在概念上开辟了音乐的全新定义。在瓦格纳的诗意当中,人类的理性变得不近人情,而情感的丰盈又达到前所未有的程度。《特里斯坦与伊索尔德》是歌剧史上爱情悲剧的极致,是浪漫主义和声的巅峰;《尼伯龙根的指环》让众神屈服于人类的爱情,同时将人类之爱升华到最高贵神圣的境界;《罗恩格林》和《飘泊的荷兰人》所反映的是男女双方的救赎力量,汇聚了德国文学二三百年所蕴藏的类型特征及本质诗意。

　　瓦格纳在他"综合艺术品"中所凝聚的诗意的力量,虽然解了德国浪漫主义音乐中以个体为中心的多愁善感、神经高度敏感脆弱之毒,却将更大的毒素渗入以音乐为核心的德国文化之中。他的关于世界意志和表象的"诗意解读",提供了尼采之流疯狂视角的灵感,从而导致德国文化的发展在19世纪晚期偏离主航道,一步步驶入不可知的暗礁险滩。音乐亦不能幸免,即便有勃拉姆斯和布鲁克纳的苦心孤诣,也无法阻止理查·施特劳斯和马勒交响乐时代的到来。当德国音乐与奥地利音乐彻底合流的时候,音乐的德国时代便告一段落了。

让聆听巴赫成为『私密』

他的音乐适合我们每一个心灵,就像语重心长的悄悄话,每个聆听者都能产生发自心底的共鸣,这种共鸣可以是一对一的,是由『大我』指向『小我』的启迪和抚慰。

中国的"巴赫时代"没有在"新千年"巴赫去世250周年时到来，而是在不经意中。当有条件有心情聆听巴赫的人群不断增长的时候，我不免煞有介事地惊呼：巴赫的时代真的到来了？

在文学的时代，浪漫主义音乐在中国大行其道，那是一个特殊年代，艺术需要互相借鉴，互相打通。于是画家们、诗人们、小说家们、评论家们在马勒和理查·施特劳斯的包罗万象的庞杂巨构中获取了如醍醐灌顶般的灵感，与其说是机遇，不如当作寻找的成功。然而，一个有文化的人毕竟懂得逐渐深入、慢慢提高的道理，也就是说最终的境界是走向深沉，走向内省。如果他相信音乐会给他继续带来动力、带来想象，那么进入巴赫的世界几乎就是聆听的必由之路。

怎样听巴赫与听什么样的巴赫其实不重要，从巴赫作为一个小人物去世，到其身后逐渐被尊崇为音乐之王，世界已经发生了太多有关他的事情，尤其在20世纪中叶以后，巴赫的地位始终显赫无比。但是，围绕巴赫的争议从来也未停止过，它们总是发生在对巴赫作品的诠释理念上。巴赫的原生态是什么样子？巴赫应该是什么样子？巴赫将要成为什么样子？这种使巴赫永远洋溢着生命力的讨论已不再局限于学术范畴，所以我们完全可以肯定，从现代乐器版到"时代乐器"版的巴赫至少在演奏者主观取向上是绝对真实的，他们都以巴赫的理想为旨归，还能以自己的才智赋予巴赫天然的扩展空间。

无论是巴赫的管风琴或键盘作品，音乐的内容是只停留于技术上的演练还是心灵的洗礼，属于键盘范畴的内在逻辑到底有多大的外延空间，这是每一位对巴赫键盘作品入迷的人不能回避的问题。《平均律》或者《戈德堡变奏曲》用貌似本真的羽管键琴演奏未必就能再现巴赫的谱写初衷或时代风貌,今天谁又能说格伦·古尔德和斯维亚托斯拉夫·里赫特的现代钢琴版传达的就不是巴赫的精神本意呢?这是他们的诠释被视为圭臬的基础。

超过一个世纪的唱片业发展,为我们提供了一个巨大的巴赫超市,我们也许没有充裕的条件去巴赫工作过的教堂聆听他的为数众多的清唱剧和康塔塔,当然听《布兰登堡协奏曲》或《乐队组曲》更不一定非去音乐厅。其实巴赫是很私密的,他用心中自然流出的音符与他心中的上帝倾诉、对话、沟通,他的音乐适合我们每一个心灵,就像语重心长的悄悄话,每个聆听者都能产生发自心底的共鸣,这种共鸣可以是一对一的,是由"大我"指向"小我"的启迪和抚慰。我们时代最伟大的巴赫解读者格伦·古尔德毅然告别舞台躲进录音室是有道理的,现代化的音乐厅对于传播巴赫已经不合时宜;聚光灯下的巴赫如果不热烈不煽情,就无法集中听众的注意力。我们有不计其数的巴赫唱片可供挑选,欣赏巴赫的隐秘之美也许正需要平心静气地坐在一个不大不小的房子里,或一个人,或几位好友。通过唱片聆听巴赫,是今人接近巴赫的便利之途,亦是必由之路。

在卡拉扬和克伦佩勒的现代乐队编制的巴赫以及平诺克、戈贝尔、霍格伍德和加迪纳的"古乐"巴赫之前,20世纪初的阿道夫·布什室内独奏家乐团演奏的巴赫是值得缅怀牢记的。他们采用接近巴赫时代的编制,却使用现代的乐器,尤其是《布兰登堡协奏曲》中的通奏低音声部由正当壮年的钢琴家鲁道夫·赛尔金弹钢琴而不是羽管键琴。这是20世纪人类对巴赫崇高而纯朴的理解，其生命力时至今日仍没有丝毫减退。当然，现代大乐队编制在卡拉扬和克伦佩勒等人的指挥下，所表现的场面也许正符合巴赫生前向往的理想状态。巴赫音乐丰富的色彩很需要奢华的铺陈和充分的渲染，对于当代听众来说，这种形式的巴赫无疑可以达到听觉的满足。在我看来，里希特、明欣格尔、克伦佩勒、约胡姆和卡拉扬演奏的《马太受难曲》《约翰受难曲》或《B 小调弥撒》，肯定要比加迪纳、库伊肯、皮克特、哈雷维格更能令人激动或感动，这种心灵的震撼无以言状，直抵肺腑。我们也许可以将"本真演奏"的所谓"古风"看做是巴赫时代日常音乐（宗教）生活的再现，但现代乐队版却使巴赫变得庄严而气派。巴赫在表象上平易朴素，他内在的神性和对终极信仰的追求，却使他的虔诚和谦卑与平凡绝缘。

　　古尔德恰逢其时地献给了我们"纯粹"音乐意义上的巴赫，不同于旺达·兰朵芙斯卡或拉尔夫·基尔科帕特里克或古斯塔夫·莱翁哈特等在形式上的纯粹（他们都用羽管键琴演奏巴赫并有大量录音），古尔德的"纯粹"完全属于精神层面，他使巴赫的永恒达到极端的程度，罗莎莉·图蕾克曾经是青年古尔德的榜样，却在晚年反受其影响，潜心揣摩追求古尔德的境界，险些走火入魔。从中庸的角度看，我们更可能接受里赫特或埃德温·菲舍尔的巴赫，他们古朴典雅的音色和富于歌唱性的旋律使巴赫变得温暖可亲，似乎可以成为浪漫主义优雅小品的源头。

　　21 世纪的巴赫，一定还是唱片里的巴赫。音乐大师使巴赫的世界静止，同时也赋予它永恒的存在。巴赫的神圣与崇高只能保存在某些唱片记录的传奇录音里，从现在起，任何新的演绎只能使巴赫越来越世俗，越来越装模作样，越来越无所谓。这些层出不穷的新产品唯一的使命就是让我们牢记，曾经有过巴赫的黄金世纪为我们留下了最丰富的巴赫遗产，它是我们重要日子里的圣餐，助我们度过内心充实的一天又一天。

美女巴赫

格丽茂的巴赫是狂热的哲学,是统治欲望的执著,是在意志力方向走得更远的天才。

昔日弹奏巴赫的美女等到我们知道她们的时候都已经变老了,不仅是变老,还因为她们像"嗜毒"一样为巴赫的精神性而痴迷,在手的功能日益臻入妙境的同时,作为"美女"的特征正日益褪尽,渐渐趋于"中性"状态。我说的这些前辈美女毫无疑问应当包括爱乐者熟知的旺达·兰朵芙斯卡、克拉拉·哈丝姬尔和罗莎莉·图蕾克,她们每一个人都有过令众人仰视的风韵绰约的时代,她们也毫无疑问为巴赫音乐的传播带来非同凡响的效应。然而,她们真正奠定巴赫"教主"地位的年代恰恰正当她们韶华老去,风韵不再。她们以对自己性别的牺牲,确立一个时代的巴赫演绎标准,其意义甚至超过男性键盘演奏家,并直接影响了一代巴赫解读大师格伦·古尔德、弗利德里克·古尔达等人的成长及巴赫宇宙观的形成。

在音乐演奏日益多元化的今天,以弹奏某位音乐家为擅长的钢琴家已经很少有生存空间。即便如此,我仍然因为最近听到的两张唱片,而由衷生出新时代"美女巴赫"即将诞生的热望,正像半个多世纪以前"美女巴赫"横空出世为本已陈旧呆板的巴赫世界吹拂清新之风一样,当下的巴赫演奏已经是模仿者或装腔作势者的乐园,这个领域多么需要女性的拯救啊!

委内瑞拉出生的年轻钢琴家加布丽埃拉·蒙特罗应当算是一位美女,她的气质虽不属于超凡脱俗一类,但清丽朴实的一面至少在亲和力上抢得高分。蒙特罗目前正在为 EMI 唱片品牌创造新一轮美女明星传奇,她在 2005 年推出的第一张专辑内容很杂,收入肖邦、李斯特、拉赫马尼诺夫、斯克里亚宾、德·法雅、格拉纳多斯和吉纳斯特拉,力图反映出她卓越的技巧和驾驭各种音乐风格的能力，反响自然很不错。

我最近听到的这张新专辑当然进一步彰显了蒙特罗作为女性钢琴家的演奏个性，而且更具挑战性。她不仅敢于以自己的方式诠释巴赫，而且居然改编了巴赫，为巴赫的音乐加入了现代元素的即兴变奏。这种创意可以有两种理解，一种是她确实具备了解读或者解构巴赫的能力，一种就是哗众取宠，企图一鸣惊人。

蒙特罗是已隐然成为年轻钢琴家"教母"的玛尔塔·阿格丽希力推的新秀，而且还给予那么高的评价，蒙特罗的实力应当没有问题。不过，这个"巴赫主题即兴曲"即使在技巧表现上胜任有余，作为巴赫音乐精髓的对位与赋格神韵却表现得不那么有吸引力。也许蒙特罗走的是轻松愉悦的路线，她过多突出了外声部的色彩变幻，而不能将内声部弹得既隐秘又明确。另外她有时按自己的理解，把巴赫演奏得太走样，几乎走开了再拉不回来，对于不熟悉巴赫这些已经很"脍炙人口"曲调的人来说，似乎还存在接受的障碍。

不管怎样，音乐的核心一定是巴赫，一切的即兴发挥都不能离开巴赫太远，即便专辑的标题叫"巴赫以及远"（这是我的译法，原文 Bach and Beyond，但我不会译成"巴赫及其超越"的），我想这个"远"并不是随便谁都可以轻易抵达的。我把这张唱片试着当作一种很轻松雅致的音乐放给我的朋友听，当三两个人在比较安静地聊天时，这样的音乐萦绕耳畔总是显得有那么点高雅情趣。轻松地听"美女"轻松地演奏，享受巴赫的另外一种功能，不知是否符合唱片公司的初衷？

然而我提到的另一位"美女巴赫"海伦·格丽茂则呈现全然不同于蒙特罗的境界,她甚至不需要拿来与老祖母图蕾克相比。仍然年轻的格丽茂是令人心动的知性美女,她让我见识到法国女知识分子的博大胸怀和善解人意,演奏巴赫时刻的格丽茂比任何时候都更迷人,她从思想上征服了你,使你完全可以把她想象作自由女神的旗帜而高擎手中。

格丽茂的巴赫是狂热的哲学,是统治欲望的执著,是在意志力方向走得更远的天才。格丽茂的音乐已经形成最具当代理想知识分子特征的解读,所以无论是贝多芬还是帕特,舒曼还是勃拉姆斯,肖邦还是拉赫马尼诺夫,都综合渗透了她在文学、哲学及历史方面的独特心得。她既能深入作曲家的灵魂层面,又能做出具有历史脉络的自圆其说。这样"知性"与"感性"集于一身的"美女"注定光芒炫目,曲高和寡,她的巴赫竟是如此惊艳绝尘,令我等尘俗之人几乎放弃接受的念头。

格丽茂的巴赫早在期待之中,然而这一天不仅来得太快,而且超乎想象。她的第一张巴赫是一个集锦,按照她的巴赫逻辑编排,不仅有《平均律》,还有协奏曲,在以原典"开胃"之后,她一口气弹了维度更加多元、意境更加疏朗的布索尼、李斯特、拉赫马尼诺夫的"改编曲",这是对巴赫的顽强而多重的解读,使进入巴赫的通道更直接也更幽深。

当我为格丽茂的巴赫惊叹时,我努力回避将格丽茂与古尔德作任何联想。既然古尔德不可复制,格丽茂也可以通过一张唱片便如空谷回声般让巴赫的精神复活,它不但虚幻不可捉摸,还充满时尚特征,具有隐性的欺骗力。当我们相信历史的进步不可阻挡之时,格丽茂式的天才或者"伟人"将无愧于我们这个时代,我们可以很奢侈地说,她的巴赫,仅仅是开始。

隐秘的肖邦

  我很高兴我终于找到契合点把肖邦和马勒联系到一起了。他们的气质原来如此相像，他们的隐秘世界竟然如此一致，都是包罗万象的"异度空间"。

爱肖邦的，自会一直爱下去，而不爱者并非不知也。

我辈幸运，赶上肖邦"200年"。对于虔诚的肖邦聆听者来说，除了神圣的致敬，剩下的仍是聆听，而这聆听，从爱上肖邦那天起，便一直持续着。

"200年"纪念的热闹，怕是与爱肖邦的人无甚干系了，无论是在所谓的"肖邦钢琴节"或者"完全肖邦"音乐周里进行"肖邦饕餮"，还是一股脑儿购进各大唱片公司为"赶日子"而推出的"全集""专辑"，恐怕都会坏了原本健康的"肖邦胃口"。痴迷肖邦的人本来就有营养不良的先天缺陷，如此"被"环境所迫暴饮暴食，等于将属于自己的一点私密抖落出来大家分享，至于人家愿不愿意领这份儿分享的人情，倒不是你说的算的。

19世纪上半叶的巴黎，肖邦与李斯特堪比"绝代双骄"，但两人风格有天地之别。所以李斯特走向了交响乐，而肖邦则更加沉迷于沙龙乃至斗室的隐秘独白。是的，肖邦是隐秘的，是向内的诉说，在这个倾泻的流向中，秘密的细节洞若观火，毫发毕现。"独一无二"的肖邦无疑营造了另外的世界，相对我们的世界而言，这是一个"异度空间"，我们永远无法登堂入室。

肖邦不是很容易懂吗？他的音乐不是很容易被爱吗？这正是他的"世界"的诱人之处，他那用鲜血和生命铸成的情感可以很轻易地将你蛊惑，而你却永远只能以比较浅俗的感觉来承受肖邦的赐予。有趣的是，肖邦的音乐在借钢琴家之手传达时，我们却往往只记住了音乐而忘了钢琴家，所以尽管有录音以来弹肖邦成名的钢琴家不计其数，和肖邦气质接近的也不过拉赫马尼诺夫、霍夫曼、科尔托、里帕蒂、弗朗索瓦和米凯朗杰利等寥寥几人而已。甚至可以这样理解,通过比赛而赢得的"肖邦冠军"大抵弹的都是离肖邦很远的音乐——写到谱子上的肖邦其实已经离肖邦很远了。我们可以想象肖邦的创作状态,他的音乐一定需先弹出来,或者不如说先从心底流淌出来,感动了自己,再感动一旁聆听的人。我相信这样的记载,同样一首曲子,肖邦本人的多次弹奏是不一样的,作为心灵极度敏感的肖邦来说,他内心的瞬间微妙变化都会影响到他音乐的编织与流向,所以我总是有这样的怀疑——是否每一位能够弹奏自己作品的作曲家在独奏的时候都要即兴发挥一下,在那种状态下,他弹奏的不是作品,而是属于他的音乐。

今天适合肖邦音乐演奏的环境越来越少了,与肖邦气质接近的钢琴家更是难觅。在形形色色的肖邦诠释者那里,我们获得的是肖邦音乐"泛宇宙论"的进一步肯定:前奏曲,练习曲,夜曲,马祖卡,华尔兹……可谓一曲一世界,气象逾万千。我总是带着好奇心去接受每一个最新的演绎,它们也当真呈现了不同的视角,于光怪陆离中"秀"出自己的或不乏模仿他人的肖邦世界观。然而在我发现每一个新奇之处之时,我总习惯在我心仪的肖邦圣手那里寻找所谓"合理"的答案,而这所谓的"合理"便是对"自由速度"的把握更娴熟,对音的雕琢更细致,对乐句的连接更有呼吸感和歌唱性。属于我心目中肖邦圣手范围的钢琴家有肯普夫、鲁宾斯坦、霍洛维茨、里赫特、阿劳、波利尼、阿格丽希、阿什肯纳吉、吉默尔曼、波戈莱利希等,他们共同的特点是把肖邦"音乐会化",成为名副其实的肖邦解释者,这包括把肖邦音乐最隐秘的东西以最详尽的方式一一披露，将内在的私语当作挂盘讲解的箴言。当然我们还不能忽略长期以来居于主流话语地位的"肖邦神话"，这神话总是和民族政治联系在一起。时过境迁的结果是被肖邦感动方式的改变，肖邦为何终生没有回到自己的祖国波兰，正像他的父亲为何终生没有回到自己的祖国法国一样吊诡。一旦抛开这些令人心生不爽的因素，肖邦能够感动我们的便只有他羸弱的身体和脆弱的神经所催生出来的壮美、凄美、婉约之美和朦胧之美，还有最重要的——隐秘之美。隐秘，是肖邦世界的关键，它注定肖邦的琴声只能在夜之万籁俱寂中响起，如夜之幽灵的徘徊，更似夜之精灵的嬉戏，肖邦的身影混迹其中，寂寥而空幻，恰似马勒的梦中意境。

我很高兴我终于找到契合点把肖邦和马勒联系到一起了。他们的气质原来如此相像，他们的隐秘世界竟然如此一致，都是包罗万象的"异度空间"。

正像理想的马勒诠释者并不存在，对肖邦的高度解读将继续停留在抚慰与同构的层面。从这个意义上讲，我更愿意接受女性化的肖邦演释，所谓同构理念下的肖邦，当以罗西娜·列文涅为最；今日之女性肖邦，高贵而雅致的皮尔丝之后是海伦·格丽茂，她们以惺惺相惜般的女性细腻的情愫抚慰并超度着肖邦的亡灵。我总记得那曾经发生的美妙瞬间，在格丽茂令我怦然心惊的第二奏鸣曲余音袅袅之时被隐隐袭来的《降D大调船歌》（作品57）击中，我的心开始碎了！此刻，谁是更懂得肖邦的人呢？

"饕餮肖邦"

我们甚至可以选出五十个演奏肖邦的权威,给他们每人贴上一个标签。这个并不具有学理性的游戏做起来一定很有意思,因为,只有肖邦的音乐才可以提供这么多的解读可能性。

公元2010年的"肖邦200"里北京有两个地方将举办系列纪念音乐会,中山公园音乐堂以"完全肖邦"为题,呈献的是由以色列钢琴家吉尔·绍哈精心策划的五场不同作品音乐会,重心虽在作品,演奏者当中却不乏阿里·瓦迪这样的钢琴巨匠。国家大剧院则以其强势吸引力几乎将当世肖邦"大家"一网打尽,在包括傅聪、郎朗、陈萨、王羽佳、莫里奇奥·波利尼、弗拉基米尔·阿什肯纳吉、斯坦尼斯拉夫·布宁、加里克·奥尔森、齐普里恩·卡萨利斯、邓泰山、让·纽伯格、小山实稚惠在内的一个超豪华名单里,唯独缺少四位最具传奇色彩的波兰肖邦大赛冠军玛尔塔·阿格丽希、克里斯蒂安·吉默尔曼、拉法尔·布莱查兹和李云迪,未免有失完璧。

不过,真要是能够把上述音乐会全部听下来,在我眼中也绝对视为畏途。我们或许会精心挑选几场权当出席纪念的仪典,如若真的热爱肖邦,又想细细地品味他的独有魅力,恐怕还是唱片里面的肖邦更有说服力。一个世纪以来,肖邦作品的录音可谓浩如烟海,珠光璀璨,一代又一代肖邦的诠释者给我们带来如万花筒般完全逸出作曲家想象的五光十色的肖邦。我们甚至可以选出五十个演奏肖邦的权威,给他们每人贴上一个标签。这个并不具有学理性的游戏做起来一定很有意思,因为,只有肖邦的音乐才可以提供这么多的解读可能性。

记得1999年在纪念肖邦逝世一百五十年的时候,DG唱片公司曾经出版过历史上第一套肖邦作品录音全集,所谓"收进来肖邦谱写的每一个音符"的宣传语使这套"限量版"一时供不应求,随全集附赠的"肖邦手表"成为肖邦迷们的挚爱,我在赴欧洲旅行时都会被朋友赋予代购同款肖邦手表的使命。其实这套堪称完美的"全集"完全可能在今年的"肖邦200"重新包装上市，出乎意料的是唱片公司居然为它做了"升级""加强"，以至于我在两套"全集"之间发生了演奏版本"取舍"的纠结。

对于还没有来得及拥有老版"全集"的人来说，"升级加强版"实在有太多的惊喜！两首协奏曲还是交给吉默尔曼，却用他本人指挥波兰节日乐团的"世纪名演"取代了同样高居"榜单"若干年的朱利尼/洛杉矶爱乐协奏版。新版的录音亦属超级发烧，自问世之日起便被顶级音响系统选为钢琴与乐队的"试音碟"。我原以为这样的稀罕物会永远卖两张正价，未曾想竟被早早打包"贱卖"。其他的钢琴与乐队作品所幸全交给老大师克劳迪奥·阿劳了，他的名气显然比"宗师级"的斯蒂芬·阿斯肯纳斯要大，只可惜后者一旦被从"全集"剔除，以后再想听他的肖邦就更难了。"惊喜"之二是把巴伦波伊姆弹的《夜曲》换成皮莱丝的了，这是我非常喜欢的《夜曲》，可以说将夜之朦胧美感及内心宁静之思发挥到极致，而且真正表现出女性的纤细与轻柔之美。虽然我对波利尼刚刚问世的《夜曲》赞誉有加，但正如"肖邦怪杰"波戈莱利希和米凯朗杰利都没能有一首曲子进来一样，作为"本色肖邦"的全集应该拒绝"非主流"的诠释意图，所以惊喜之三便是将路易萨达和吉波尔斯坦演奏的马祖卡和华尔兹一古脑儿都换成了阿什肯纳吉，须知后者的录音都是早有定评的"名版"，斩获奖牌无数，看来这次的"升级"大有实现"终极"的目的。

两种别具意义的新录音也分别取代了老录音，新科肖邦大赛冠军拉法尔·布莱查兹两年前才发行的《前奏曲》经常被拿来与前辈阿格丽希作比，索性DG唱片公司干脆就以这个录音取代了阿格丽希。2000年肖邦大赛冠军李云迪几年前录制的《即兴曲》评价不错，但无论从哪方面讲，这个版本都还不足于和斯坦尼斯拉夫·布宁的老版一较短长。当然，若论今日在钢琴界的知名度，布宁这位1985年的肖邦冠军大概要甘拜下风了。

当一套肖邦录音全集荟萃诸如波利尼、阿格丽希、阿什肯纳吉、吉默尔曼、布宁、吉波尔斯坦、路易萨达、李云迪、布莱查兹等一干近半个世纪肖邦大赛获胜者时，再辅以阿劳、皮莱丝、乌戈尔斯基、普雷特涅夫等巨匠的"拾遗补缺"，原本素雅清淡的肖邦一下子摆出饕餮大餐的架势。这还不算，如果加上由"美艺三重奏"奉献的G小调三重奏、罗斯特洛波维奇和阿格丽希合作的G小调大提琴奏鸣曲和《引子与波兰舞曲》，以及由伊利莎白·西梅特卡演唱的十七首艺术歌曲，"饕餮大餐"不就成了"满汉全席"？大概只有到了所谓的"肖邦年"，我们才能有如此暴饮暴食的机会吧？不过切记：肖邦，还是要一点一点地听，静静地听，即便他是最容易被消化的，也不要轻易坏了胃口。

"肖邦年"里听《夜曲》

波利尼的演奏体现了我们所处的"诠释年代"的所有特征,这种特征不仅具有现代性,而且还有一定的解构性。

这个时代里有两位钢琴家演奏的肖邦《夜曲》是值得期待的，不论是聆听唱片还是欣赏音乐会演出。但是我在这里强调一点，原本我对波戈莱利希的肖邦甚至包括其他任何作曲家的作品演奏录音都是见一张买一张，并且也曾有过他的音乐会"听一场少一场"之叹。但是首先我已经很久没有听到他的新录音了，结果当我终于现场听到他的音乐会之后，我只能很无奈很惆怅很伤感地说，我再也不要听他的音乐会了，他的录音即使哪家唱片公司敢录我恐怕也没勇气再去买来听。我受不了这样一个极度自恋而又目空一切、肆无忌惮的人在我的面前表演，眼睛和耳朵都受不了。我希望我的耳朵永远停留在他二十几年前的琴声里，我的眼睛也希望看到的是他当年风华正茂的面孔和身姿。他目前的光头形象尤其让我不能容忍，那不阴不阳的神态举止既不是肖邦也不是李斯特，更不是贝多芬和斯卡拉蒂。所以，波戈莱利希作为一个具体的形象在我这里已经不存在，但他从前唱片中的琴声琴韵必将永存我心。

如今，意大利钢琴家莫里奇奥·波利尼成为我仅有的肖邦《夜曲》期待，然而这种期待并没有持续多久，唱片公司的录音及发片效率使一切美梦都可能立即成真。波利尼没有在录音室完成这个计划，而是提供了一场音乐会的实况。虽然现场感增强，整体结构一气呵成，但总觉得波利尼在演奏过程中并没有把自己的诠释理念完全贯注其中，许多段落有不过瘾的感觉。

波利尼的《夜曲》演奏肯定与众不同，这种不同来自他的超级自信和不容置辩的权威感。我最近数年一直在听他新录制的贝多芬和舒曼，基本上对他的诠释风格有了一个比较新的认识。他在演奏他的"新"肖邦之时,显然将对贝多芬和舒曼的一些理解及诠释风格移植到肖邦这里来,所以我听到的《夜曲》不再有一种扑朔迷离的意境笼罩,从前的钢琴家对《夜曲》解读惯用的触键风格和踏板运用在波利尼这里都得到全新的改造。我甚至觉得波利尼在有意强化自己的"一家之言",他的权威性甚至表现在对弱音的极其吝啬的使用上。他对每一个音符都给予充分的重视,像传达神谕一样不敢有一丝一毫的疏漏。这使我想起英国的音乐评论家对波利尼近年弹奏贝多芬奏鸣曲的评价,他说:"当波利尼在弹奏贝多芬奏鸣曲作品111的时候,就相当于莎士比亚在写他的哈姆雷特。"这个显得很夸张但观点异常鲜明的评价可以有多方面的解读,但中心意思就是波利尼在诠释作品时不放过任何细节的权威感已经具有十分明确的观念指向。所以我认为这句话在我们分析波利尼的《夜曲》时也有启发作用,我们可以套着说:"当波利尼弹奏肖邦《夜曲》的时候,就相当于莎士比亚在写《仲夏夜之梦》或者《罗密欧与朱丽叶》。"

波利尼没有加入十九首之外的"夜曲",这看起来对购买唱片的人来说有点吝啬,但这是一场音乐会的录音,而且波利尼从来也没有过演奏全部肖邦的企图,他对《夜曲》要说的话已经在这十九首中基本说完,他所留下的是一个不同于任何版本的经典,演奏风格既不是浪漫主义的,也不是接近肖邦原意的。在我看来,波利尼的演奏体现了我们所处的"诠释年代"的所有特征,这种特征不仅具有现代性,而且还有一定的解构性。波利尼没有在十年或二十年前他的肖邦声望如日中天的时候,演奏或录制这一肖邦作品中分量最重的作品,我想其用意不外是他一直在等待着他的权威地位稳固的那一天。如今还有谁能够怀疑波利尼已经是健在的钢琴大师中的"NO.1"呢?不论是他演奏的贝多芬、舒曼,还是舒伯特和肖邦,甚至包括他弹奏的现代作品,都无不取得权威经典的地位。波利尼的演奏未必会令听者发乎内心地去喜欢,但他的任何诠释指向和良苦用心都能被明显地感知到,这对深入挖掘作品真意,对分析音乐的内在结构无不起到很高层次的引领作用。

我在听波利尼的《夜曲》时,不免将鲁宾斯坦、皮尔丝、弗朗索瓦、瓦萨利、马格罗夫、巴伦波伊姆等人的录音拿来都做了一番比较,从个人喜好角度来说,皮尔丝和瓦萨利的弹奏自始至终都被一种朦胧甜美的意境所笼罩;鲁宾斯坦和马格罗夫虽抒情程度各有不同,但都在弱音的处理方面显出深湛的功力,而且他们的歌唱性完全出乎自然,发自内心,这一点恐怕是难以被超越。弗朗索瓦的弹奏趋于唯美和颓废,你可以把他想象为巴黎时代的肖邦,但他的《夜曲》有人喜欢有人反感,并不能成为一个权威的经典;巴伦波伊姆与波利尼有相似之处,在结构方面比较清楚,整体布局有大家风范,但他的功力比波利尼相差甚远,所以将二者放在一起比较,对巴伦波伊姆来说是扬短避长,甚至可以这样说,当波利尼的版本问世以后,巴伦波伊姆的《夜曲》可以从各种"榜单"上拿下来了。

费城情结

在那样的空气中,在那样一个地球上的"孤岛",面对那么多心态、神情、举止极为特殊的观众,他目睹并体会到这些人群对音乐的渴望、虔诚和敬畏,他简直是在为世界上最"爱"音乐的人在演奏!

今天即便我能够找到1973年9月费城乐团在北京民族文化宫和上海音乐厅连续六场音乐会的报道，我也不想去做这样的努力，因为想象的空间在我的思绪中日益扩大，以至于到了常常令我激动不已的程度。

1973年9月，我还不满十二岁，正和姐姐随父母在北方农村走"五七"道路，每天虽然少不了干很繁重的农活，还要在学校里上挺紧张的课程，但每天下午或晚上的"西洋音乐"还是要坚持听的，这是我们所处地域得天独厚的"馈赠"——通过半导体收音机接收来自"南朝鲜"的一整天的古典音乐节目。"文化革命"前在家里的大电唱机里听到的胶木唱片贝多芬我反倒印象不深了，因为"南朝鲜"的曲目实在太丰富，以至于它们大多连我曾是"音乐家"的父亲都说不出名字。

在我对西方古典音乐最如饥似渴的时候，来自美国的历史悠久的费城乐团竟然在北京、上海有过内容如此丰富厚重的音乐会！那应该用怎样的比喻才能形容其不可思议呢？尼克松访华曾经成为每一位中国人关心的大事，可有多少中国人知道伴随这次访华的一个硬性条件竟然还有让历史上第一个美国乐团进入中国！我简直无法想象当时北京上海音乐界和知识分子的惊奇，只有"惊奇"这个词我敢用之不疑，其他诸如"兴奋""激动""喜悦""陶醉"等我想在那个年代未必可以充分表达。我是在1979年到北京读书以后才知道六年前曾经有过这样一次"音乐事件"，而那年秋天的兴奋点一直被卡拉扬率柏林爱乐访华占据着，历史的变化并没有翻天覆地，卡拉扬也好，小泽征尔也罢，他们在粉碎"四人帮"之后的莅临，大概和1973年的奥曼迪踏上中国土地并无显著的差异。

然而年逾八旬的费城乐团历史上最伟大的音乐总监尤金·奥曼迪在回顾自己辉煌的艺术生涯时说过，他最难忘的演出经历正是在北京，在那样的空气中，在那样一个地球上的"孤岛"，面对那么多心态、神情、举止极为特殊的观众，他目睹并体会到这些人群对音乐的渴望、虔诚和敬畏，他简直是在为世界上最"爱"音乐的人在演奏！费城！美国历史上的"光荣城市"，它在中国古典音乐接受史上竟然书写下如此饱满浓重的一笔！

值此费城乐团首次访华三十五年纪念之期，第四次亚洲巡演即将成行。我在乐团的回顾资料中第一次见到1973年音乐会的演出曲目，我的激动再添几分。贝多芬的"命运"和"田园"如春雷乍现；勃拉姆斯的第一交响曲传递了另外一种"欢乐颂"的讯息；莫扎特的"哈夫纳"交响曲似春风拂面，婉约宜人；巴伯的"柔板"在《野战排》之前的回旋令感同身受的人潸然泪下；瓦格纳《纽伦堡的工匠歌手》序曲缔造了中国音乐舞台有史以来最浩瀚的音响气派；拉威尔的《达夫尼斯与克洛埃》第二组曲和雷斯庇基的《罗马之松》为中国乐坛带来最复杂迷离的乐思。还有，美国作曲家哈利斯的第三交响曲及威廉·舒曼的《新英格兰三联画》即使在今天的中国乐坛都很难听到，实在想象不出当时坐在民族文化宫观众席的音乐界人士拥有怎样的情怀？这场音乐会对他们日后事业的拓展起到怎样的作用？

利奥波德·斯托科夫斯基和尤金·奥曼迪是费城乐团超过百年历史上最伟大的两位音乐总监，曾经在五年的时间里，两位指挥大师双峰并立，共同执掌首席指挥之职。奥曼迪在乐团的任期达四十四年之久，所谓"费城之声"其实就是"奥曼迪之声"，在卡拉扬的录音制品没有全面覆盖市场之时，奥曼迪的演绎便是一切曲目的标准，除众熟能详的常规作品外，奥曼迪对西贝柳斯和肖斯塔科维奇交响曲的解读可谓独步天下，在任何年代都是权威之作。我很遗憾奥曼迪没有让这两位中国人比较熟知的作曲家的音乐在中国的苍穹下奏响，后来的音乐总监沃尔夫冈·萨瓦利什在两次访华演出中也未能列入这两位最能体现"费城之声"的作曲家作品。

但是，历史在三十五年后出现了对接和延续，这是费城乐团第四次访华的意义所在。郎朗将和乐团合作演奏殷承宗等人版的钢琴协奏曲"黄河"，三十五年前，正是殷承宗（那时的名字是殷诚忠）本人与费城乐团合作演出了这个版本，为了实现这个对接，6月2日的演出放到音响效果较差的民族文化宫，下半场的曲目也是贝多芬的"田园"。我不知费城乐团还有没有三十五年前的乐师，但我一定相信到场的中国观众有三十五年前"旧人"，我丝毫不怀疑主办方会通过各种途径去寻找他们，前几年小泽征尔、柏林爱乐等来华之时，寻找三十余年前的观众行动已蔚然成风。是啊！三十多年前，那是一个多么五味杂陈的年代，在那个年代与音乐相遇，如此奢侈的幸福竟具有残酷的不可复制性。今天就算我们终于听到了由现任音乐总监克利斯托夫·埃申巴赫指挥的肖斯塔科维奇第五交响曲，难道真的就相信历史是这样被延续吗？

不守成规的鹿特丹

  难道这就是鹿特丹爱乐与生俱来的开放性？它在迪华特手中极尽雅致精妙，而在格吉耶夫那里却汪洋恣肆、激情高涨，它的狂放程度甚至超过格吉耶夫的"亲兵"基洛夫乐团。

也许是阿姆斯特丹音乐厅乐团的名声太过深入人心，也许是因为本国的PHILIPS唱片厂牌与这个历史悠久的乐团半个多世纪的不离不弃，总之在多数爱乐者心目中，荷兰古典音乐的关键词就是阿姆斯特丹音乐厅乐团（Royal Concertgebouw Orchestra）。正像上海与北京、巴塞罗那与马德里、格拉茨与维也纳、慕尼黑与柏林、圣彼得堡与莫斯科一样，几乎每个历史悠久的发达国家都会有一个在文化艺术方面与首都遥相呼应的大都市。在荷兰，与首都阿姆斯特丹相呼应的，正是拥有世界最大港口的鹿特丹。鹿特丹爱乐乐团，在最近三十年的乐坛声誉鹊起，它的成长与两个人密不可分，荷兰指挥家迪华特和俄罗斯指挥家格吉耶夫。

当初知道这个乐团并对它抱有好感，正是听了大量迪华特指挥录制的唱片之后，其中印象极为深刻的便是"无词的瓦格纳"，不仅仅是配器的新颖吸引了我，乐团在演奏这些"后瓦格纳"音乐时所表现出来的极高素质和开放性思维令我深受启迪。在我的头脑里，鹿特丹爱乐从它刚出现的时刻就是一个"高级"乐团，就像迪华特一直是一个"高级"指挥一样。

奇怪的是，格吉耶夫与迪华特具有完全不同的个性和艺术风格，他接替迪华特执掌鹿特丹爱乐之后，我曾心存疑虑，直至不仅听到而且看到了他指挥该乐团演出马勒的交响曲，都不敢相信这声音出自同一乐团。

难道这就是鹿特丹爱乐与生俱来的开放性？它在迪华特手中极尽雅致精妙，而在格吉耶夫那里却汪洋恣肆、激情高涨，它的狂放程度甚至超过格吉耶夫的"亲兵"基洛夫乐团。平心而论，在我所听过的格吉耶夫的许多张唱片里，他指挥鹿特丹爱乐乐团在个人状态和乐团表现方面，都大大好于指挥基洛夫乐团。这是否可以说鹿特丹爱乐乐团的可塑性太强呢？

去年底格吉耶夫正式履新伦敦交响乐团，鹿特丹爱乐乐团选中年仅三十三岁的雅尼克·涅采-西格英（Yannick Nézet-Séguin）出任音乐总监，既出人意料，又在意料之中。既然年仅二十五岁的委内瑞拉指挥杜达梅尔都引起全球性的哄抢，比他年长的西格英完全有资格享有类似尤洛夫斯基、丹尼尔·哈丁一样的喝彩。出生于加拿大蒙特利尔的西格英并没有受过系统的音乐教育，成长道路足可用"天才传奇"来概括，他在欧美已有多次与著名交响乐团合作的成功记录，在欧美乐坛早已炙手可热。更何况他还是意大利指挥大师朱利尼的关门弟子，仅凭这样的资历，恐怕所谓卡拉扬和阿巴多的弟子都不能望其项背。

记得2004年丹尼尔·哈丁曾在北京引起超级轰动，这是靠真本事赢来的，中国的爱乐者往往太注重音乐家的名气，即便这名气已处于衰退阶段也宁可信其余威尚在。据我所知，有意于今年底访华的杜达梅尔还迟迟看不到来自中国的橄榄枝，而他在欧美音乐会的门票早已是洛阳纸贵。

《死城》和《佩利亚与梅丽桑德》

其实这声音早就降临了,在一个黑暗屈辱的年代,以一种几乎不可能完成的方式。我在这个录音里找不到一丝与那个时代背景相关联的痕迹,即便我用极端逆向的思维都一无所获。

在旧金山歌剧院观看埃里希·科恩格尔德的歌剧《死城》的带妆彩排是一次特殊的经历，来自维也纳国家歌剧院的新制作在意境上接近贝尔格的《璐璐》和《沃伊采克》。也许是因为得到特殊入场券的都是歌剧院的理事会成员及重要赞助人，所以虽说是"彩排"，每幕演出却未中断。《死城》是一部让我入迷的戏，特别是这个制作总是让我产生幻觉——包括导演在内的工作人员在奢靡惆怅的音乐中无声地调度指挥，使我感觉他们也是戏中人。当然，我最大的幻觉还是与舞台上的情境有关，恍惚中竟然不断产生与德彪西的歌剧《佩利亚与梅丽桑德》的相撞，从舞台到音乐，从音乐到故事，爱情的白日梦，似真似幻，我的心被一阵阵抽紧。相对我所熟悉的《佩利亚与梅丽桑德》，《死城》绝对属于陌生，但现在我真的很确认二者之间存在着必然联系，因为我上一次的心情极度脆弱正是在听了《佩利亚与梅丽桑德》的一套唱片之后。

　　彩排结束，不可遏止的念头促使我在歌剧院的商店又买了一套《佩利亚与梅丽桑德》的唱片——我必须尽快听到它，以驱散《死城》的梦魇。这次看起来有点随意的购买却让我第一次知道这个录音的不简单，它不仅是该剧历史上第一个全剧录音，而且是全部的法国组合，是那个时代演出该剧的最强阵容。更为重要的是，这个录于纳粹占领巴黎期间的全剧是通过长达八个月的断断续续的二十天工作连缀起来的，多么耐人寻味！

　　在我心目中，《佩利亚与梅丽桑德》最好的录音不外乎安赛梅指挥罗曼德乐团和克路易坦指挥法国国家广播乐团。安赛梅版是我的第一套《佩利亚与梅丽桑德》；克路易坦版音响质量更好一些，歌手阵容出现更为知名的洛丝·安吉列斯和杰拉德·索济的名字，他们加上20世纪最伟大的佩利亚的演唱者雅克奎斯·简森，显得号召力更大。但是克路易坦就像卡拉扬一样，他的意志力和统治力都与这部戏所要求的意境发生了抵触。那柔软的、捉摸不定的、飘忽的声音，迷惘而朦胧，不应当是清晰可辨的，特别是乐队和歌手的诉求都不该是表演的意态。这种感觉本来不是十分明显，但只要和安赛梅的版本稍加比较，就会听出哪个更符合梅特林克的象征与隐喻，哪个更能传神地表现出德彪西音乐中扑朔迷离的诗意和婉约淡定的宿命心理。然而拿刚刚到手的这个由迪索尔米雷指挥的版本与安赛梅的比较，后者的乐队音响似乎又显得更呆板直白一些，不仅神秘的气氛不够浓郁，而且画面感也稍逊。苏珊·丹柯演唱的梅丽桑德也许比海伦·约阿希姆更生动更投入，但显然在角色性格的把握方面不如后者浑然天成。

　　录制这个版本时，法国指挥家狄索尔米雷正当四十二岁的壮年，他好像也和雅克奎斯·简森一样是专为诠释德彪西的《佩利亚与梅丽桑德》而生。他掌控下的管弦乐就像薄散的云朵一样飘浮游移，始终抑而不扬，引而不发，在背景上若即若离，悱恻隐约。最奇特的是，这种带有丰富音响末梢的音乐，通过十分古旧的单声道录音竟没有损减分毫，在录音信号拾取受到限制的物理条件下，我只能说，狄索尔米雷的乐队在位置感和距离感上做得太精确了，似乎每个音符都被尽可能地充分呈现与延伸，它们在没有力量对比和速度要求的情况下，没有被压缩，没有被重塑，出来的声音不温不火，于恬静中蕴藏忧伤，清心寡欲中隐含命运不可逆转的侵袭。没听这个录音之前，《佩利亚与梅丽桑德》对我来说，戏剧的意义总要大于音乐的意义，它使我对专心致志的聆听体验敬而远之。

在同样象征意味浓郁的《死城》契机诱导之前，我好像一直存有期待，相信关于《佩利亚与梅丽桑德》总会有一个最贴切的声音降临。其实这声音早就降临了，在一个黑暗屈辱的年代，以一种几乎不可能完成的方式。我在这个录音里找不到一丝与那个时代背景相关联的痕迹，即便我用极端逆向的思维都一无所获。这就是无形的命运的形状，它无因无果，无根无茎，无始无终。

似乎是有意与《佩利亚与梅丽桑德》这种梦幻悲剧的不真实性相对，第三张唱片的补白是德彪西十八首艺术歌曲，其中的一首《佩利亚与梅丽桑德》选曲和三首维尔伦的诗由德彪西亲自伴奏，录音年代是 1904 年。正是《佩利亚与梅丽桑德》首演不久的年代。德彪西的琴声显得悠远而缥缈，但这是一种带有深刻岁月痕迹的真实，它就像狄索尔米雷的《佩利亚与梅丽桑德》的解药一样，帮助我们从深陷其中的无常命运的缠绕中获得片刻的解脱。

无论是《死城》还是《佩利亚与梅丽桑德》，一切与爱情相关的事物都像谜一样存在着，它们也许是梅特林克和保罗·绍特戏剧的本意，也许是德彪西及科恩格尔德的音乐使然。相对意境朦胧的《佩利亚与梅丽桑德》，《死城》的音乐更接近表现主义风格，显得冷酷无情，甚至残忍。由此可见，我的《佩利亚与梅丽桑德》幻觉的出现，实属自我心灵保护的本能，可以理解为另一种意义的解毒。

浪漫的喜剧？还是人生"宝鉴"？
——《玫瑰骑士》录音版本举隅

好的演唱（奏）或者好的舞台制作，是完全有可能将认知层面大大提升的，这就给所谓的"录音版本"罗列比较提供了基本存在的价值，而并非如音乐学者一般将讨论的范畴只局限于作品分析本身。

雨果·霍夫曼施塔尔和理查·施特劳斯将近一百年前创作的歌剧《玫瑰骑士》在火爆热烈的首演过程中并没有得到正确的认识，它要么被当作怀恋旧日时光的浪漫喜剧，要么被嘉许为莫扎特歌剧天才的回声，总之，剧作家和作曲家在创作进行时的那种前所未有的冲动和高效，收获的却是肤浅的理解和对戏剧表面形式的赞美。在众多中产阶级受众的认知及欣赏层面里，仅就这部《玫瑰骑士》而言，至少德累斯顿或柏林的施特劳斯并不比维也纳的另一个名气更大的施特劳斯逊色，前者戏称从后者"借来的音符"即便在《玫瑰骑士》故事的背景下"超前"发生，那也是德国作曲天才的光荣。

当涉及对《玫瑰骑士》演释或解读方面的评价时，《玫瑰骑士》的录音甚至录像已经积攒了多半个世纪了，这些音像资料所提供的认识可能性大大丰富了我们关于《玫瑰骑士》的领悟，好的演唱（奏）或者好的舞台制作，是完全有可能将认知层面大大提升的，这就给所谓的"录音版本"罗列比较提供了基本存在的价值，而并非如音乐学者一般将讨论的范畴只局限于作品分析本身。

考虑到聆听的技术层面，同时将"全剧"的录音或录像作为"举隅"的界限，其实可供采用的"版本"并非数目可观，来自 EMI、DG、DECCA 等几大唱片品牌基本可以将"名贵"版本"一网打尽"，而来历不明的"海盗录音"因其历史价值也仅作参考，如果它们也具有了比较高的文献价值，那么许许多多没被"盗录"的"历史名演"就此失去"同场竞技"的机会，岂非有失公允？

即便如此，对于录制于维也纳1933年的只有一百分钟的"删节版"，我们都应当致以最崇高的敬意。因为洛特·雷曼饰演的元帅夫人和伊丽莎白·舒曼饰演的索菲在气质上多么难以超越！她们的表演既揭示了生活的本质，又升华了人生的价值，流畅的演唱无处不蕴涵着澎湃的激情和深切的惆怅，声音的光芒辉映着维也纳的灿烂，理查·施特劳斯式的音响魔力无所不在。幕终前的三重唱如同时代的挽歌，感人肺腑程度无与伦比。

如果以上述诠释理念作为基本标准，那么卡拉扬指挥柏林爱乐乐团1956年在EMI的录音仍然令人信服——它很可能至今仍是"全剧版"中最伟大的制作，即使在录音信号拾取方面存在无法克服的缺陷，都丝毫无损于其"至尊"的地位。卡拉扬毫无疑问是这个录音的核心，他似乎从未有过如此的强烈的感情投入，管弦乐自始至终勃发着生动的活力，唯美的弦乐质感和灿烂璀璨的管乐前所未有地开启了"卡拉扬音响"的封印。此时的卡拉扬尚保持浓重的旧时代印记，他的音乐在克劳斯和克纳佩尔茨布什的"后浪漫"底色上更多了一层贵族式的提炼，使得理查·施特劳斯的维也纳风格在甚嚣尘上的"轻歌剧"之外另成一派。《玫瑰骑士》的演绎，正是在卡拉扬的手里，完成了德国样式向维也纳样式的音乐转换，理查·施特劳斯的厚重音响如何归于维也纳或高于维也纳，卡拉扬迈出了崭新的一步，同时亦为决定性的一步。饶有意味的是，这个时期也是卡拉扬诠释莫扎特歌剧的最佳年代，很显然，卡拉扬在二者之间找到了一脉相承的因素，这种因素也许本来存在，也许来自卡拉扬的主观构想，无论如何，莫扎特－理查·施特劳斯的歌剧精神第一次在卡拉扬这里取得高度统一。必须强调，只在"这个"时期。

伊丽莎白·施瓦茨科普夫肯定是史上最迷人的元帅夫人，然而相对洛特·雷曼的沉郁内在，施瓦茨科普夫的声音显得有些"轻"，她作为德国女高音的精神特质在此处难觅踪迹，倒是将维也纳轻歌剧中轻盈泼辣的一面表现得活灵活现。很显然，施瓦茨科普夫生动刻画了一位气质高雅、养尊处优的贵妇人形象，其周身散发的魅力和自然流露的细腻堪称无与伦比。但是她的表演并没有成为推动戏剧发展的力量，美人迟暮的哀伤、及时行乐过后的惆怅以及牺牲自己成人之美时的内在矛盾，如果仅仅通过聆听，这种情感的丰富性很难被捕捉到。必须承认，施瓦茨科普夫的嗓音对于演唱如此分量吃重的角色来说，还是显得太单薄了。理查·施特劳斯所赋予角色的旋律，在施瓦茨科普夫唱来，总还是喜剧的元素更多一些，内省的意味尚嫌不足。

克丽丝塔·露德薇希在舞台表演方面也许算不上是完美的奥克塔维安，但是她稳定而松弛的嗓音以及清晰悦耳的发声，都被后来不断问世的新版本证明，她是独一无二的奥克塔维安，而这个奥克塔维安实在令人百听不厌，她的热情洋溢，她的青春朝气，她的调皮任性，她的纯洁真挚，都被露德薇希完全发乎自然地表现得淋漓尽致。与她惊人的丰富性相比，无论是法丝宾德和巴尔查，还是冯·奥特和苏珊·格拉汉，她们的表演都仅局限于某一方面的精彩，过多突出了"反串男角"的魅力而忽视角色本身要求的内在气质和道德本性。

施蒂赫-兰达尔的索菲同样富于光彩,她天生丽质,胸无城府,每一句歌唱、每一个动作都焕发着自然单纯的气息,她的率真质朴没有一点土气,几乎可以看作帕西法尔的"少女版"。只有这样的表演,才可以让奥克塔维安被击倒、元帅夫人的成人之美具有说服力。

作为男主角的奥克斯男爵,从来都是对实力派男低音在表演和歌唱两方面的考验。埃德尔曼的表演绝对感觉不到这是一个"暴发户",他精确而娴熟的唱功和优雅幽默的气质大大提升了角色的迷人程度,虽然与剧作者和作曲家的初衷有所偏离,但既然该角色最终结局是"向善",又何必非要突出他卑琐粗鄙的一面呢?至少在我心目中,奥克斯男爵是一个令人感到十分亲切的角色,全局的喜剧元素一多半是他赋予的,我倒是希望他能够在欣赏者的印象里留下可爱的记忆。元帅夫人的牺牲应当换来对所有人的救赎才对。

卡拉扬在同一剧目的数字录音总是被认为"今不如昔",在DG出品的《玫瑰骑士》来自萨尔茨堡音乐节表演的相同阵容,托莫娃-辛托娃的元帅夫人在气质上自然无法和施瓦茨科普夫相比,但她的歌声在深度刻画方面有所增强,她沉郁低回的音色细致而富于真诚,她恰当地揭示了角色的内心世界,却忽略了角色应有的外在美感,也就是说,这个元帅夫人果然"人老色衰",不再具有诱人的感官魅力。在卡拉扬的数码时代,巴尔查是当然的奥克塔维安,她不仅声音最有男孩子特征,而且其干脆利落的表演听起来很过瘾。她同时也塑造了一个极富同情心并体贴入微的高贵的骑士形象,她是真正的有情人,所以在两难选择面前,她显得那么无辜,那么彷徨无助,她无疑是卡拉扬这个并不叫好的版本中的最大亮点。我不明白卡拉扬是如何指导花腔女高音佩莉饰演索菲的,她有非常美妙灵巧的嗓子,但是她完全不具备施蒂赫-兰达尔的气质,她把索菲不仅演成真正的村姑,还毫无头脑,絮絮叨叨,令人厌烦。库特·莫尔自从饰演奥克斯男爵这个角色之日起,便被认为是他那个时代该角色最杰出的扮演者。尽管他在数个版本中的表演并无多少雷同之处,但他还是在卡拉扬这个版本中将奥克斯男爵塑造得过于阴沉、猥琐,感觉像一股黑势力压下来,令人心生恐惧。

卡拉扬的乐队换成维也纳爱乐,声音纯度大大增强,无论是弦乐还是管乐,都比上一个版本更加丰润醇厚,并在音响动态方面有突出强调。以今天的音响理念来看,数码录音其实给卡拉扬带来的更多是矛盾的困惑,他在某些声音聚焦方面的"调整"常常出现莫名其妙的混浊,甚至平衡点亦有不可解处,所以才会出现人声和乐队之间的距离飘移不定。

数码录音时代一个相当不错的版本来自伯纳德·海丁克指挥德累斯顿国家歌剧院的录音,乐队的伴奏极其富于经验,那不间断的流动呈现出真正的维也纳趣味,轻松的起伏如水波荡漾并潺潺逶迤,令人由衷愉悦。以海丁克的艺术个性,他不会去一味追求所谓深度刻画或经典场景,他选的歌手在性格上几乎与卡拉扬的演员阵容大相径庭。迪·卡娜娃同样具备高雅气度,而其纯粹美丽的音色足以将元帅夫人的魅力展露无疑,然而她高高在上的凌人神态颇有拒人以千里之外的趋势，这就是说，当她很无奈地做出牺牲的抉择时，其实也失去了聆听者对她的同情。也就是说，迪·卡娜娃的表演唱尽管也富于激情、全身投入，但她的激情是向内的，她并不能若无其事地轻松下来强颜欢笑，奥克塔维安与索菲的终成眷属显然来自元帅夫人的恩赐，而非负痛逃离。冯·奥特的表演如鱼得水，她同样男孩子气十足，她理应获得所有幸福，因为在她面前，真正的女性都被他迷住，她的声音无比优美迷人，那洋溢着童贞般的纯净音色几乎把这个"情种"曾经的劣迹洗刷得荡然无存，这当然在某种程度上亦偏离了剧情。我本来很喜欢的亨德丽克丝的嗓音却偏偏在这里变得不那么纯净了，说到底还是她的声音气质不适合表现德国歌剧，即便这个角色并不需要什么深度，但毕竟过度的修饰不便于揭示索菲之所以让奥克塔维安一见钟情的特殊魅力，那是正好有别于风情万种、阅历丰富的元帅夫人的类型。同样属于意大利歌剧演唱圣手的迪·卡娜娃便通过自己的经验实现了类型的转化，而亨德丽克丝却不能令人满意。库特·里德尔是继库特·莫尔之后又一位以擅演奥克斯男爵著称的男低音，他的声音温暖而富共鸣，虽然不具有十分理想的稳定，但他活灵活现的表演绝对可以弥补这点欠缺，而他在舞台上精湛传神的技艺完全可以打满分。

DECCA厂牌出品的埃里希·克莱伯指挥维也纳爱乐乐团的版本是该剧的首次全剧录音，并且长期以来受到"反卡拉扬派"的无限尊崇，他的儿子卡洛斯·克莱伯即便被誉为他那个时代的《玫瑰骑士》权威,都打心里认为他的父亲是不可超越的。客观评价,老克莱伯的乐队音色尚不及录音年代稍晚的卡拉扬的爱乐乐团,尽管维也纳爱乐几乎是演奏《玫瑰骑士》的不二之选,但其精力旺盛、冲劲十足的演奏所导致的音响流动不平衡还是非常明显。演唱元帅夫人的莱宁虽然塑造角色经验丰富,但声音有明显的衰退痕迹,在控制方面力不从心、飘忽不定。作为补偿,尤莉娜茨的奥克塔维安坚定有力,周身散发迷人的贵族气息,她同样是一个富有同情心的温柔体贴的"玫瑰骑士",而其成熟的表现对异性的吸引力可能更大。居丹演唱索菲分明在以大博小,她的声音甜美而富个性,只是不够纯净,某些时候太过独立坚毅,从而使这个角色成为真正的三个女主角之一。维伯以地道的维也纳风味来饰演奥克斯男爵,在诠释理念上接近埃德尔曼,可能味道更加醇厚,分量也更足。

卡尔·伯姆号称得理查·施特劳斯真传,但他的两个《玫瑰骑士》录音都难称妙品。相对而言,录于更早年代的德累斯顿国家歌剧院版本更有其文献价值,无论是歌手还是乐队都呈现出高度流畅的状态,经过"原版大师"系列重制后的CD在音质上完全可以舒服地接受。玛丽亚娜·切赫的元帅夫人足以给听者带来惊喜,她的声音特质接近施瓦茨科普夫,却更加稳定圆润。西弗丽德饰演奥克塔维安是真正的"反串",所以她的魅力不仅来自"玫瑰骑士"的深情款款,而且在塑造女仆时那种傻乎乎惹人疼爱的个性方面也独出机杼,令人赞叹。有"夜莺"之称的施特莱希同样是不可多得的索菲,虽然此时已经过了她的嗓音全盛期,她还是奉献了一个精巧雅致的"小索菲"。另外她与西弗丽德长期以来同台搭档也使得第二幕的"一见钟情"分外动人。库特·伯梅的奥克斯男爵虽然有坚定的低音支撑,却还不能举重若轻,表演的变化性也稍逊于前述诸人。

诞生于十年以后的1969年的萨尔茨堡音乐节录音,是一次十分令人遗憾的演出记录,虽然是立体声信号拾取,但严重的噪音不堪忍受,所谓立体声的技术也因声音单薄干硬而乏善可陈。但毕竟这是一次演员阵容堪称豪华的演出,当年现场的反响极为强烈,被津津乐道好多年。伟大的理查·施特劳斯歌手露德薇希必将在《玫瑰骑士》的演释史上留下最鲜明的足迹,她在伯姆这里成功饰演了元帅夫人,浑厚的女声呈现令人愉悦的氛围,很自然让人联想到施瓦茨科普夫的回声。女中音特洛雅诺丝既不乏热情,又充满旺盛精力,只是她的声音里女性的因素占据主导,和露德薇希的声音合在一处,倒感觉像是一场同性恋爱。马蒂丝算是索菲的上佳人选,但她的聪明伶俐的个性表现得有点过火,偶尔她声音的一惊一乍倒像是一个完全没有烦恼的傻妞,显得奥克塔维安对她的爱纯属一场玩笑。来自东德的提奥·亚当实在不适合奥克斯男爵这个角色,他完全显示不出欢乐和灵巧,其笨拙的举止更多来自本性而非有意为之,他几乎要把这个角色从一开始就刻画为一个冠冕堂皇的恶棍了。

不能不提PHILIPS厂牌出品的迪华特指挥鹿特丹爱乐乐团的版本,因为乐队方面有出奇之处,音响饱满结实,色彩灿烂,很难相信这是诞生于1970年代的录音，同时也对迪华特年轻时代的造诣生出无限感慨。这个版本的演员阵容并非众星荟萃，但冯·斯蒂德的奥克塔维安还是具备鲜明特色，她的青春活力保持始终，而她在表演方面极具想象力，精心塑造出理想男人的形象，气度非凡。

很遗憾卡洛斯·克莱伯的版本目前只限于两个DVD版，它们具有相同的迷人之处，只是从视觉上考虑，洛特的元帅夫人远不如琼丝富于魅力，至于法丝宾德和冯·奥特的奥克塔维安各有千秋，前者任性，后者调皮。波普和邦妮的两个索菲只能用"天造地设"来形容，你很难相信，在克莱伯指挥这部歌剧的两个不同年代里，还能找到除她们之外的另一个索菲吗？

按照版本比较的惯例，我要为我的选择排序。在只能列出三个版本的时候，我将宝贵的三票投给如下版本：1. 卡拉扬的EMI版；2. 卡尔·伯姆的DG"原版大师"系列版，海丁克的EMI版。但是我仍在强烈盼望卡洛斯·克莱伯的第一个DVD版本能够衍生一个CD版本，尽管精良的录像更能令人愉悦，我还是希望能够专心聆听。

"肯佩音响"举例

我们很难想象,如果没有肯佩打下的坚实基础,切利比达克怎会在人生最后阶段创造出"慕尼黑爱乐奇迹",从音乐品味来说,这正是薪火相传的结果。

"肯佩音响"对于大多数爱乐者来说也许是一个比较陌生的词儿，但如果我说它所指代的其实似乎与瓦格纳或理查·施特劳斯有关，而这种关联的结点正是历史悠久的德累斯顿国家歌剧院乐团，是不是了解的人会更多一些呢？但如果换个方向进入这个话题，即"德累斯顿音响"等于"肯佩音响"，便不仅对不住同样赋予德累斯顿特殊魅力却不幸"中道崩殂"的朱塞佩·西诺波利，还极有可能忽略了肯佩在伟大的切利比达克入主之前所缔造的"慕尼黑音响"的意义。我们很难想象，如果没有肯佩打下的坚实基础，切利比达克怎会在人生最后阶段创造出"慕尼黑爱乐奇迹"，从音乐品味来说，这正是薪火相传的结果。

　　在我的意识里，传奇般的"德累斯顿音响"不外乎两种声音风格，即肯佩的雍容华贵和西诺波利的璀璨唯美。我的这种结论主要来自重放系统再现的唱片录音，这同时便会涉及两个不同的唱片厂牌在录音风格方面的差异。值得庆幸的是，肯佩赶上了EMI录音制作"舍我其谁"的黄金年代，而西诺波利则在DG独占鳌头的数字录音（比如4D技术）时期留下大量记录。当然，西诺波利的指挥艺术及录音风格至今仍处于争议之中，此处暂且忽略。

　　"肯佩音响"亦指"德累斯顿音响"，在我看来，实属德累斯顿国家歌剧院乐团的根基，其后继者无论是舒伊特纳和桑德林这样的前辈大师，还是布隆施塔特和西诺波利之流的所谓"中生代"甚至如路易西、蒂勒曼一般的新锐，都必须遵从甚至致力于恢复肯佩时代的声音特性，毕竟，肯佩统帅德累斯顿国家歌剧院乐团所达到的巅峰,至今未有逾越。

肯佩在德累斯顿的录音,首推理查·施特劳斯。在此仅作举例,即一张具有示范意义的唱片(EMI 3 45831 2)。当我如久违的老友一般仔细打开包装放进 CD 机时,我的脑海顿时涌出一连串问句:真正喜欢音乐的人会不考虑演奏版本吗?在乎演奏版本的人会甘心错过伟大的指挥家鲁道夫·肯佩吗?一个同时喜欢理查·施特劳斯和鲁道夫·肯佩的人怎么可能不早早把 EMI 公司出品的一套九张肯佩指挥德累斯顿国家歌剧院乐团的"理查·施特劳斯管弦乐曲集"收归囊中?如果这一切都已成事实,那么这张属于 EMI "世纪伟大录音"系列的唱片还有重复购买的必要吗?

我几乎不假思索地想到了答案:第一,从录音效果重整的结果看,这张唱片明显胜过已问世十几年的那套"九张中价版";第二,不如干脆把这张唱片推荐为理查·施特劳斯的唱片入门第一张,它无疑应归类于"演录俱佳"的首选版本,如此,欣赏理查·施特劳斯的起点便很高,其号召力更是毋庸置疑。

或许肯佩的《查拉图斯特拉如是说》和《英雄的生涯》在如林的名版当中还不能绝对胜出,但是他的《阿尔卑斯山交响曲》和《家庭交响曲》都可达数一数二的级别。肯佩在指挥艺术炉火纯青的 1970 年代初期,一下子为 EMI 录下九张之多的理查·施特劳斯交响乐,贵在状态稳定,水准平均,但是其中单独拿出来最有竞争力的正是这张"世纪伟大录音"里的四首作品,而尤以《唐璜》和《梯尔·欧伦施皮格尔的恶作剧》最为精彩绝伦,要气派有气派,要深度有深度,要细致有细致,要紧张度有紧张度。录音还那么开阔，那么真实自然，动态和平衡都那么自然而富刺激性，真是充满了宗师大家的气概。

所谓传颂已久的德累斯顿国家乐团的"理查·施特劳斯之声"，我只在肯佩的录音里得到最深以为然的体验，但声音的制造期已在四十年前，那么肯佩之前的"理查·施特劳斯"录音我该到谁那里去找呢？卡尔·伯姆吗？虽然他身为理查·施特劳斯的忘年交，其中庸的性格和录音技术的局限，倒使他的好多录音颇见"鸡肋"之嫌。我还是相信我在肯佩以后的西诺波利录音里，听到了与肯佩比较接近的意蕴，然而，更高级更细腻的录音也只是把理查·施特劳斯的豪迈与奢华发挥得更为淋漓尽致一些吧。

如果用"精彩万分"来形容肯佩的《唐璜》和《梯尔·欧伦施皮格尔的恶作剧》，那么《玫瑰骑士》中的圆舞曲（肯佩自己改编的）和《变形曲》就表现出十足的肯佩音乐趣味，无论是《玫瑰骑士》的享乐主义还是《变形曲》的愁肠百结、黯然神伤，在肯佩的解读中都达到高贵、极致的境界。格调如此之高的音乐趣味使我对肯佩指挥的一切作品都信心更加坚定，他的贝多芬、舒伯特，还有勃拉姆斯和布鲁克纳都是我极为推崇的，当然还有我根本料想不到的马勒第一和第二交响曲，都在肯佩手中诞生了不可替代的独有版本，这曾经是我数年前一次很大的惊喜。

像鲁道夫·肯佩这样的指挥大师，即便在录音的黄金时代也是屈指可数，相对那些更声名远播的大师，肯佩的录音数量不多，涉猎曲目也不算丰富，这应该是我们的幸运？抑或不幸？

勃拉姆斯的"安魂曲"

我们被悲壮的失落之情笼罩,却同时被阳光普照的宽慰环抱。正如勃拉姆斯在写给友人的信中所言:"思绪以一种上升的序列安排:悲痛得到安慰,疑虑得到克服,死神也被征服。"

我在国家大剧院的关于勃拉姆斯作品欣赏的讲座题目是在刻骨铭心的"5.12"汶川大地震之前定下的,我本来想重点介绍能够反映勃拉姆斯奉行的"自由而快乐"座右铭的愉悦篇章,为听众播放乐天达观的《学院节庆序曲》、欢腾奔放的《匈牙利舞曲》、超迈高蹈的《D大调小提琴协奏曲》、怡然欣悦的《D大调第二交响曲》以及精美圆融的《F大调第三交响曲》。但是,悲剧全无征兆地发生了,巨大的哀痛与悲戚击中了所有的人,其中也包括我和我的朋友。我几乎无法继续手中的任何事情,当然我想过要放弃这次讲座,我怎么还会做一件和我的全部心情毫不相干的事情!

我的一位四川籍朋友在14日那天晚上终于接了我的电话,他的声音消沉而嘶哑,好像气力已经耗尽,使我感觉他正在经历一场大病。他说他的泪快流干了,一辈子也没有这么多的眼泪,这是哪里来的眼泪?难道是那些夭折的孩子的亲人的眼泪通过他的眼睛在流吗?他的人垮掉了,整整两天不见人不接电话。他是一位热爱音乐的朋友,他在傍晚伫立窗前凝望夕阳的时候,产生了聆听勃拉姆斯《安魂曲》的冲动。他在电话里告诉我,是勃拉姆斯拯救了他,让他有了生的信心!生的欲望!

勃拉姆斯!《安魂曲》!安魂曲中最伟大的一部!它是献给逝者却是写给生者的。因为它不是一次宗教仪式,而是一部透析生死关键的壮美之诗。勃拉姆斯抛却罗马天主教会通行的拉丁文"安魂弥撒"程式,自己从马丁·路德翻译的德文《圣经》中选取十六段经文,谱成一部七个乐章的用德语演唱的《安魂曲》。

《德语安魂曲》的诗句契合了我们当下的心境。第一乐章开篇唱出《圣经·诗篇》中的句子："哀恸的人有福了,因为他们必得安慰;流泪播种的,必欢呼收割。那带着种子流泪出去的,必然欢欢喜喜地带着麦穗回来。"夜深人静,万籁俱寂。5.12以来,我第一次打开音响,勃拉姆斯特有的宁静、温柔、寂寥如午夜梦回,一点一滴渗入我的心田。音乐从来没有这么美过,这种美是通过灵魂被吸纳的,它立刻与全身的血液融在一起,将连日来的绝望和痛不欲生一丝一丝地化解。当我冷却的心渐渐地变暖,当我痛彻心肺的酸楚化作激动的泪水,我的幻象中已经浮现金色的阳光,我的视野里恢复了缤纷的色彩。"血肉之躯,尽如草芥,人生荣辱,便如草上的花。草必枯,花必谢,芸芸众生啊,你要忍耐!"葬礼进行曲的节奏,将令人宽慰的歌声徐徐送出,直到苍穹中飘来天使的吟唱。长笛与双簧管的啁啾如大地回春般生机顿现,充满爱的世界足可对抗死亡,消解黑暗。

勃拉姆斯的《安魂曲》是为他的恩人罗伯特·舒曼以及他的母亲克丽斯蒂娜写的,但在1869年完整首演之后,便被誉为"全人类的'安魂曲'"。我决定在讲座中加入勃拉姆斯《安魂曲》的内容,让我们以音乐的方式与残酷的现实发生关系。

国家大剧院艺术资料中心的音响系统逼真他重放了克劳斯·滕施泰特的具有悲天悯人情怀的诠释,我和"音乐之友俱乐部"的会员共同体验了一次圣典的洗礼。这是与我在家里独自一人聆听完全不同的意境,我们被悲壮的失落之情笼罩,却同时被阳光普照的宽慰环抱。正如勃拉姆斯在写给友人的信中所言:"思绪以一种上升的序列安排:悲痛得到安慰,疑虑得到克服,死神也被征服。"

以如此方式接受勃拉姆斯，使我回忆起2002年9月在柏林爱乐大厅经历的一场音乐会，那天是9.11事件一周年，德国总统和美国驻德大使出席并致词，然后由长野健指挥柏林德意志交响乐团演奏贝多芬的第九交响曲。在这首耳熟能详的作品面前，我听到了全然崭新的内容，这是我真正懂得的内容，它使我陷入激动狂喜的境地！还有2003年的德累斯顿，为了祭奠二战中死于轰炸的亡灵，圣米歇尔教堂上演了勃拉姆斯的《安魂曲》，那天晚上我也听到了与以往截然不同的勃拉姆斯，我明白了勃拉姆斯那来自内在世界的坚定意志何以具有不可抗拒的抚慰作用，明白它作为"全人类'安魂曲'"的深度意义所在。那伟大的戏剧力量，那古风盎然的理性精神，那内省隐忍的情绪抑制，那天高地阔的情感释放，那崇高庄严的坚定信仰，这一切都会在人类遭受巨大苦难的绝望时刻才能被深深地体会，深深地理解。

讲座结束后，一位毕业于北京大学的校友递给我一张纸片，上面是她画的盛开的金色花朵，她写下的一段话令我震惊，却又毫不奇怪。她说她这些天除了捐款就是在听切利比达克指挥慕尼黑爱乐乐团演奏的勃拉姆斯《安魂曲》的唱片，她同时感谢我讲座的选题，说"勃拉姆斯的音乐真的很悲悯"。她在纸上随手用五彩笔"涂抹"的小画，"希望大的灾难之后仍然有光和色彩"。

舒伯特的 960

　　长期以来,我都在寻找与里赫特这次音乐会气韵接近的演奏,却总是在聆听唱片和音乐会之后无功而返。卡萨利斯的 960 之深得我心,在意料之中,又确实惊喜万分。

我曾经在一所音乐学院的音乐厅里发过飙。那是一个闷热的夏夜,在哗哗的扇子舞动中,我忍受了舒伯特钢琴奏鸣曲(作品960)的第一乐章,这是我生命中最绝望的时刻,钟爱的音乐被形形色色的扇子割裂、扯碎、抛洒。冥想静谧的第二乐章即将开始,耳边的扇子声突然加大了数倍音量,我猛然回头大吼一声,顿时全场寂然。台上的钢琴家只是出现片刻的失措,很快好整以暇地弹起那迷人的行板。

这是我颇引以为傲的一次勇气展现,为的是捍卫"舒伯特960"的尊严。但是,在数日前的国家大剧院音乐厅,我的勇气完全被沮丧击倒,那同样是悲伤而绝望的时刻。

法国钢琴家齐普里恩·卡萨利斯代表了我较早的钢琴记忆,他年轻的时候以李斯特和舒曼的炫技培养了我对钢琴音色的最初迷恋,而我也"美梦成真"般地在他年逾五旬之时不仅现场聆听他的独奏会,还陪他共进晚餐。他这次应"中国钢琴之夜"项目的邀请,来参加国家大剧院举办的"全球十大钢琴家"同台盛会,我曾偏激地和朋友言道:除了卡萨利斯,我谁都不听!偏偏卡萨利斯的独奏会就在我半月远行归来的当天晚上举行,这是我和他的缘分。

卡萨利斯以一首短小的多米尼克·奇马洛萨A小调奏鸣曲开始,经过海顿C大调的"暖场",几乎不停顿地进入960的世界。在音乐会的上半场就弹颇具篇幅的960,我还是第一次遇到,显然卡萨利斯高估了当晚的听众。同样是闷热的夏夜,音乐厅高级的中央空调当然不需要听众的扇子。但是络绎不绝的退场实在比扇扇子可恶十倍!

卡萨利斯的960不出所料的精致、精美,最令人赞叹的是他竟然完全不受干扰地沉浸在音乐的塑造中。他的呼吸是只属于他自己的,他用与包围身体的"气场"完全不相容的"气感"打通音乐,使能够进入他的音乐的人享受到和他一样的呼吸。此时的舒伯特多么迷人!多么放松!那乐天的面对和微笑的哀愁几乎改变我对960的一贯期待。我甚至想把卡萨利斯的解读放到我最推崇的里赫特晚年在布拉格独奏会录音的"对极"位置。长期以来,我都在寻找与里赫特这次音乐会气韵接近的演奏,却总是在聆听唱片和音乐会之后无功而返。卡萨利斯的960之深得我心,在意料之中,又确实惊喜万分。

当然,我对卡萨利斯演奏960的评价只不过是在回忆和梳理音乐会现场的即时感觉和思考。事实上,当晚的愤怒乃至沮丧正是建立在惊喜和感动的宝贵情绪之上。当美丽动人的瞬间被一再打断粗暴时,好心情可以立即成为坏心情的助推力,它们在我无法入定的状态下,总是显得格外冷酷无情。卡萨利斯,你呈现出一个多么非同寻常的960啊!

对于异常高产的舒伯特,960虽属晚期作品,却并非"天鹅之歌",然而在我的心里,它和C大调弦乐五重奏(作品956)都可作为舒伯特向尘世生活告别的深情致意,前者达观俏皮,甚至有点孩子气,后者老态龙钟,步履蹒跚,似乎陷入无法自拔的愁绪。但是也有把960弹成956境界的钢琴家,只是这样的"肆意妄为"也只在晚年任性的里赫特那里才可听到。晚年的傅聪也敢于这样弹,但是他弹得既不如歌也不妙曼,他不是用沉静,而是用乏味的催眠把听众弹睡着了。傅聪的"慢"

是刻意的,是暮年技术条件跟不上的"不得不慢"。他把音乐基本拆散了,断断续续连不成句,同时又完全做不出舒伯特的表情。我真的不相信傅聪在弹960时能够看到舒伯特的表情,就像他弹肖邦时看不到肖邦的表情一样。

我在听施纳贝尔、里赫特、哈丝姬尔、科曾、鲁宾什坦、席夫甚至年轻的安兹涅斯和拉齐克的录音时,可以看见他们每一个人展现出不相同的舒伯特表情,原来忧伤与憧憬也如此丰富多面,这大概就是音乐诠释的魅力及价值所在。套用一种句式,便是"有多少位钢琴大师,就有多少种960"。它为钢琴家提供的演绎可能性甚至超过贝多芬的 C 小调(作品 111),而且饶有趣致,直指日常情感的细微之处。

听舒伯特960需要一个不坏的心境,当然天空也不必万里无云。有时阴霾的天色更适合960的氛围,我越来越喜欢的行板乐章就像那飘浮的云层,亦浓亦淡,聚散自如,无依无凭亦无方向。这是舒伯特的本来面目,却始终被他世俗的维也纳生活遮蔽,或者说被我们世俗的眼界视而不见。当半个多世纪以前的施纳贝尔或奈特把这支浅酌低唱的歌谣赋予严肃的表情时,谁又能想到它在离我们很近的里赫特垂垂老矣的"返乡之旅"焕发出超凡脱俗的愉悦。里赫特布拉格"终极版本"之后,960难道还要说不尽、道不完吗?

"英雄"与"诱惑者"的双重凯旋

这个录音尽管一切都按照原文原谱演绎,我还是更习惯把它当作德国歌剧来欣赏,巴尔查和科林·戴维斯为这种接受取向提供了无可辩驳的说服力。

似乎科林·戴维斯爵士一直在等待这样一个时刻，一旦霍瑟·卡雷拉斯奇迹般地从白血病症痊愈，便马上被安排录制圣-桑的歌剧《参孙与达丽拉》（PHILIPS 475 6239 PM2）。这个看起来并不很适合卡雷拉斯的戏码，居然在指挥家科林·戴维斯、女中音阿格尼丝·巴尔查与卡雷拉斯这个堪比"黄金组合"的共同营造下，一下子发展为高潮迭起、轰轰烈烈的情节与激情大戏，从而也使卡雷拉斯成为当今歌剧舞台上屈指可数的几位最优秀参孙扮演者之一。从另一方面讲，大力神参孙也是卡雷拉斯病愈复出以后塑造得最成功的角色。也许正是在刻画这个具有千钧之力的角色期间，卡雷拉斯把最后的能量耗尽，以致他日后的演唱水准一落千丈，至今无法恢复，当然很可能永远也不会恢复了。

《参孙与达丽拉》是卡雷拉斯作为一位"歌剧英雄"真正的"天鹅之歌"，是一代歌王塑造的具有里程碑意义的歌剧角色，这个录音版本的价值也将不朽。

像普拉西多·多明戈一样，卡雷拉斯也是西班牙人，这是他们能够成功演唱参孙的先天条件。正宗的意大利男高音会把参孙唱得轻飘飘甚至女里女气，而圣-桑的歌剧要求参孙一张口就像是在唱雄壮的进行曲，那踏向大地结实的步伐需要昭示出参孙的无穷神力和傲视一切的无敌气概。卡雷拉斯虽然形体瘦小，可嗓门的尺寸却一点不小，他的歌声有时候听起来甚至比多明戈还要宽广有力，雄伟豪迈，充满阳刚之气。特别是他病愈之后的声音，完全祛除了奶油气，遒劲而富沧桑感。

我其实不是很喜欢卡雷拉斯的录音，却又说不出可以服人的理由。我对卡雷拉斯演唱《参孙与达丽拉》的评价乃源自客观的态度,所以对一位能够战胜死神并实现自我超越的歌唱家自然产生"英雄凯旋归"的由衷欣悦。不仅如此,我对这个录音制作的全面推崇,很大程度上也是因为对演唱达丽拉的阿格尼丝·巴尔查长期以来发自内心的赞美和迷恋——她对达丽拉的诠释确实达到一个旁人无法企及的境界,其嗓音的控制、感情的抒发、咄咄逼人的诱惑力以及圣女式的性感,均远胜于其他著名版本中的瓦尔特劳特·玛耶尔、奥波拉卓娃、鲍罗迪娜和丽普芙赛克等人。其实从嗓音条件上分析,巴尔查和她们相比有不小的差距,至少不如她们丰满浑厚,音域宽广,但是巴尔查实在太会演戏,她塑造的角色表面看起来属于同一类型,却每个都有精妙细致的独到设计,绝无雷同之感。巴尔查的演唱也相当投入,吐字清晰,讲究语句的韵味与节奏,颤音运用自然巧妙,与人物性格非常吻合,体现出很强的权威感和自信度。据当年曾在伦敦科文特花园皇家歌剧院与巴尔查合作过《参孙与达丽拉》的著名导演穆辛斯基说:"我们一起精研情感,而非歌词剧本,随时准备即兴发挥,当场试验。巴尔查拥有令人难以置信的、极高的即席自发性,我从未遇到过像她这样的歌剧声乐家,虽然有人说卡拉斯也是如此。那股蠢蠢欲动的能量,不是一般毫无意义的骚动,是这种能力使得她做的每件事、每个动作看起来都那么新鲜、好像刚刚才被创作出来。对于像《参孙与达丽拉》这种充斥性爱与迷执的歌剧来说,这股力量尤其重要、感人。我想巴尔查自己也清楚她拥有这股力量,并且很巧妙地善用它。另一项对达丽拉尤为重要的特质,就是她体内深蕴的希腊个性，足以使她瞬间改变情绪与气质，快到非一般人所能做到。"

因为有了卡雷拉斯和巴尔查两位重量级的男女主角，这次录音配角的阵容虽然不是很强，但发挥甚佳。除了演唱加沙省长阿比梅利奇的男低音西蒙·埃斯特斯较有名气并且表现非常精彩之外，其他角色特别是祭司长的演唱者乔纳森·萨默尔名不见经传，却表现出令人赞叹的实力，他的嗓音厚重结实，带有好听的磁性，且持久力甚佳。他的演唱有鲜活的戏剧性，虽然注重细节的字斟句酌，但完整性和流畅性都得到完美的保留。他演唱的几个段落几乎没有瑕疵，与巴尔查的几处对唱发挥更佳，丝毫不落下风。

科林·戴维斯指挥的巴伐利亚广播交响乐团是一个德国音色比较明显的乐团，它在色彩铺陈方面稍逊法国乐团，某些地方缺乏一种细致入微的处埋。但是我们在这里听到了相当明确的线条感，那种明亮的、质感十足的声音和流畅单纯的旋律虽然乍一听来与圣－桑有距离感，但就像许多德国乐团为意大利歌剧伴奏一样，听来自是别有韵味，一旦喜欢便爱不释耳。这个录音尽管一切都按照原文原谱演绎，我还是更习惯把它当作德国歌剧来欣赏，巴尔查和科林·戴维斯为这种接受取向提供了无可辩驳的说服力。

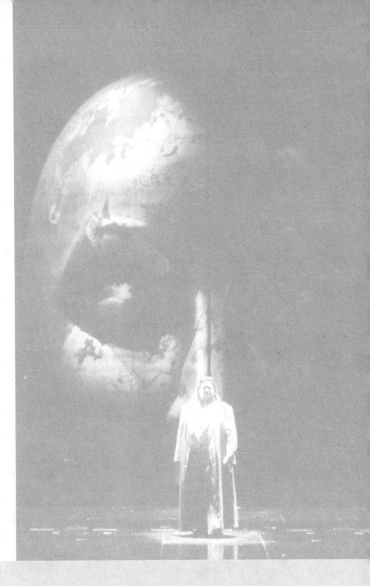

《图兰朵》的"续写"与制作

  图兰朵是一个强戏剧女高音,是"瓦格纳式"的角色,是普契尼回应时代的一种尝试,作为代表传统意大利歌剧女主人公的柳儿的对立面而存在。

我认为《图兰朵》是普契尼最超凡脱俗的作品，在音乐和戏剧内涵方面均非《波希米亚人》和《托斯卡》可比，即便不是一部完整的歌剧，却处处表现出曲调的新颖和配器的精妙，以及经得起反复推敲的细节。应当说普契尼的学生弗兰克·阿尔法诺根据留下的三十六页草稿而续写完成的男女主角二重唱和最后一场的结局是极为成功的，从音乐风格到戏剧结构都融入整体之中。

2002年夏天在萨尔茨堡音乐节首演的鲁齐亚诺·贝利奥续写的版本，我更愿意看作是一位当代意大利作曲家向他所尊崇的前辈大师的致敬，因为它有意破坏了戏剧和音乐的"完整性"——不仅音乐是明显贝利奥式的，剧情的完成更是采取符号性语言，从而留下大量想象的空白。正因为有一次贝利奥式的尝试，我不知道再去做第三个"完成版"价值或意义何在？

不过要强调一点，我欣赏《图兰朵》仍然停留在聆听阶段，迄今为止都在排斥任何一种已知的舞台制作。我既忍受不了西方国家对古老东方的误读，又不能容忍在我们自己的舞台上叠床架屋般堆砌毫无条理脉路的"文化符号"。我所追求的一个"传说世界"的飘渺、虚拟或梦幻的"空间"始终不见端倪，可惜了这么好的"歌剧音乐"！

西方歌剧舞台最著名的导演制作无疑是弗兰克·泽菲莱利的纽约大都会版，它几乎接近我的想象，布景虚实相宜，色彩流畅统一，整体风格豪华而不奢糜，繁复而不拥挤。美中不足的是服装背景的混乱，考古的和戏曲的搅在一起，实属超级大"穿帮"。不过这些因素倒并不影响我对泽菲莱利制作的高度评价，听说张艺谋在导演《图兰朵》之前，看的也是这个版本。

除了泽菲莱利，我看过的所有《图兰朵》制作都有"丑化"东方之嫌，2002年萨尔茨堡的那个贝利奥"续写"版，经常站满整个舞台的合唱队从服装到化妆都令人惊悚，分明是一群群残暴的杀人狂魔在乱舞。大卫·庞特尼的导演风格本来源于"丑学"，他的《图兰朵》所表现的世界就是肮脏污浊的阴曹地府，毫无美感可言。

2003年我在汉堡国家歌剧院看的《图兰朵》，如果不是非凡的瓦格纳女高音加布莉埃拉·施瑙特和饰演柳儿的萨宾娜·科薇拉克表现太过精彩，如果不是听到最荡人心魄的合唱，我想我是不可能坚持把全剧看完的。这仍然是地狱里的"游戏"！也许卡拉夫王子和帖木儿还有凡间的气息，图兰朵简直就是阎王的化身，她的出场恐怖而惊艳，脸部化妆接近京剧的青衣，却戾气十足，如钟馗下凡。柳儿则令人想起杜丽娘和李慧娘，总之是阴气十足的小鬼儿。随时站满舞台的合唱演员不是锁链缠身就是执索拿人，他们的脸不是骷髅就是厉鬼，地板、梯子、架子，一切什物都凝结着暗红的血迹。如果图兰朵的故事背景在西方世界就是恐怖地狱的的话，那如天籁一般的"茉莉花"曲调该作何想象？

关于已经演过三轮的"国家大剧院版"《图兰朵》，如果没有郝维亚的"十八分钟续写"，我会对它致以诚挚敬意。孙秀苇的图兰朵已经具有"国宝"的价值，我认为这是比她的"蝴蝶夫人"更具生命意义的角色。因了孙秀苇的演唱，我第一次被图兰朵感动得流泪，不是为她的瓦格纳式的"高亢出谜"，而是因她在胜利者卡拉夫面前的无助和凄惶。那一刻，孙秀苇就是我所知道的最真实的图兰朵！人性的图兰朵！

可惜郝维亚的"续写"遏止了图兰朵／孙秀苇更进一步的感人肺腑。她与卡拉夫的二重唱在音调上是彷徨迟疑的，似乎在有意回避原作的宝贵元素；咏叹调"第一滴眼泪"看起来更像是普契尼生前为"续写者"布下的一个陷阱，如果普契尼在长达四年的《图兰朵》谱曲过程中都未能把这个足可扭转图兰朵性格特征的"至关重要"唱段完成，其中深意恐怕需另加揣摩。图兰朵到底是否还需要这个"咏叹调"，在意大利歌剧发展规律方面也有探讨的余地。这是一个"双女主角"的戏，显然普契尼在柳儿身上倾注深情，他为她写了两首感人至深的唱段。图兰朵是一个强戏剧女高音，是"瓦格纳式"的角色，是普契尼回应时代的一种尝试，作为代表传统意大利歌剧女主人公的柳儿的对立面而存在。

事实上，郝维亚写的"第一滴眼泪"听起来一点都不意大利，它与中国近几年不断涌现的"原创歌剧"中的唱段有极深的血缘关系，听起来既晦涩又空洞。可惜了图兰朵／孙秀苇，她真的就在柳儿死后便"无戏可唱"了，即将到来的（阿尔法诺或贝利奥的）伟大高潮就这样被中断。时不时冒出来的"雷斯庇基乐思"甚至使图兰朵庄严而神圣地宣布"他的名字就是——爱"都不再具有力量，更何况剧终时辉煌的大合唱竟然在最后一句也被郝维亚加了庸俗的"彩儿"。

陈薪伊导演的国家大剧院版距张艺谋"太庙版"正好十年，

在舞台元素的平衡及凝练方面，有飞跃性的突破。尽管艺术观念仍显保守，但基于对"中国符号"的直观诠释及国家大剧院受众的审美习惯，豪华与铺张的主导思想与普契尼的音乐倒也相得益彰，这不应该是批评的焦点。我倒觉得经常把那么大的舞台填得太满有用力过猛之嫌，显得自信不够。另外本来就很珍贵的几个可以静静用心聆听的唱段被配上视觉意义并不重要的舞蹈，恐怕也是一种对观众歌剧接受能力的信任度不足。

不管怎样，普契尼一定是对的，今天无知的导演是错的，西方对东方的"丑化"是错的，但我们自己的导演力图在《图兰朵》里铺张东方帝国的盛世也是不对的。怎样不去"误读"普契尼的《图兰朵》，西方的立场和中国的立场都有失偏颇。也许，我们应该尝试一下"超时空"，把"传说的世界"以"爱"的名义推远或者拉近。

时尚的《茶花女》

两位分别被 EMI 和 DG 两大唱片公司重磅炒作的声乐新秀还是被"优化重组"了,而且终于产生巨大的合力,成为当今歌剧界最炙手可热的男女主角搭档。

现在人们已经可以完全接受男高音罗兰多·比亚宗和女高音安娜·奈特莱布柯作为"金童玉女"出现在任何一部歌剧当中了。当年他们刚出道的时候,比亚宗被认为相貌不佳,有"歌剧院憨豆"之称,只是他无师自通的神奇声音还是迷住了高段位意大利歌剧迷的耳朵;而奈特莱布柯则虽貌若天仙,却嗓子一般,唱工粗糙,首张专辑因有大指挥阿巴多掌舵,即便唱片销售连创佳绩,却并不令人对她的歌剧生涯有多少期待。然而,两位分别被 EMI 和 DG 两大唱片公司重磅炒作的声乐新秀还是被"优化重组"了,而且终于产生巨大的合力,成为当今歌剧界最炙手可热的男女主角搭档,所到之处,一票难求。

2005 年的萨尔茨堡夏季艺术节,二人首度合作朱塞佩·威尔第的歌剧《茶花女》,成为当届艺术节最引人注目的明星。歌剧还在上演期间,便已传出 DG 唱片公司将有超常动作,投巨资为这两位如日中天的新星打造最新版《茶花女》录音、录像。本来 DG 已经在几年前宣布将不再进行歌剧的录音室录音,今后的歌剧唱片将主要来自歌剧演出的实况录像,并将重点向生产 DVD 倾斜。没想到这么快便收回几年前的成命,以两大红星比亚宗和奈特莱布柯的黄金组合为契机,竟然恢复了歌剧的录音室录音。当然,DG 的老对手 EMI 唱片公司的制作人刚刚在退休之前为"歌剧之王"普拉西多·多明戈在伦敦阿贝路的一号录音棚录制了瓦格纳的《特里斯坦与伊索尔德》获得巨大成功,首先被刺激到的便是有着丰富歌剧资源及历史传统的 DG,如能以所谓的"金童玉女"首度合作歌剧录音而迎头赶上,当是顺理成章的事情。

2005 年 10 月下旬我曾因"莫扎特之旅"项目在萨尔茨堡

停留四天，却突然发现DG的新版歌剧《茶花女》唱片已经上市，而且是两个版本，一个全剧的录音，一个以"维奥列塔"命名其实是安娜·奈特莱布柯的唱段精选（HIGHLIGHTS）。我记得当时看到四处张贴的海报和艺术节橱窗里的样品第一感觉就是唱片的封面设计真是太迷人了，那张"HIGHLIGHTS"包装尤其考究，题目起得也非常好，想必会比全剧版更加畅销。

不过DG因为急于求成，还是没有兑现自己的宏伟计划，也就是说并没有专门为这个制作在录音室重新录音，作为全球首屈一指的大唱片公司，直接把萨尔茨堡艺术节的录音拿来编辑出版未免失之草率，实在当不上大手笔，这种事情应该是小公司干的活计。与其这样，还不如只出DVD版更有欣赏价值，因为2005年夏季萨尔茨堡的轰动效应很大程度是来自舞台视觉方面的冲击，导演奥蒂时尚的手法尤其为业界称道。还有，两位主角奈特莱布柯和比亚宗都有过人的舞台表演天赋，单纯听录音便少了很多惊艳之感。特别是与他们相等或胜出的声音在现存录音版本里比比皆是，如非特殊偏爱，这套唱片倒是可有可无的。

想想看，奈特莱布柯如非貌美如花，以她当时的嗓子，即便有比较好的天然条件，仍犹如未加雕琢的璞玉，歌唱起来实在不够灵活，技巧上的缺陷较多，语言上也多有含混；比亚宗则正好相反，有天生的好嗓子，乐感极强，唱起来自然流畅，毫不费劲，音色也极其优美，是典型的"美声"风格，这在当今歌剧领域尤其珍奇难得，所以他在舞台上的价值要远胜于在唱片中的价值。在听EMI旗下的VIRGIN厂牌录制的比亚宗咏叹调专辑之前，我听到认识或不认识的人都把比亚宗奉为当今意大利男高音第一人,特别是多明戈也公开说出他的接班人应该是比亚宗,但不知比亚宗是否同意之类的话。当然,那两张咏叹调专辑已经好到没法说,畅销及连获唱片大奖也在情理之中。但是我直到听了这个新版的《茶花女》录音,才真的心悦诚服地认为比亚宗乃上帝对我们这个正处于男高音青黄不接的时代的慷慨馈赠,他的歌剧演出实在值得一睹为快,而这个愿望实现起来不会很难,因为时至今日,比亚宗已是名副其实的"空中飞人",经常在一个月之内出现在欧美各大歌剧院,戏码也越来越宽,各种不同类型的角色由他演唱起来竟是毫无障碍,特别是帕瓦罗蒂赖以成名的董尼采蒂歌剧《连队的女儿》当中的连续高音C。

与两位男女主角相比,演唱老亚芒的托马斯·汉普森只能算中规中矩。他的声音越来越像菲舍-迪斯考,形式上的修饰多,感情深度方面投入少,几乎听不出对角色性格的刻画,感觉上比较轻松。如果仅从听录音方面考虑,在全剧和"维奥列塔"两个版本的选择上,我强烈推荐"维奥列塔"这张精选集,好听的唱段一个接一个,三位歌手的状态也越来越好,一口气听完轻而易举,只是听完之后还是想看影像制品,我建议不如把不买全剧版省下的钱用来购买DG同时出版的DVD吧。与DVD一起赠送的还有一张排练"花絮",比亚宗的神奇,奈特莱布柯的美艳都足以使观者摒住呼吸。有这样两位"尤物"的存在,歌剧世界就像被注入强心剂一样,不仅被狠狠激活,还有可能一直亢奋下去,这不论对歌剧舞台还是唱片业来说,都是令人抖擞的利好消息。

"鲜为人知"的《玛捷帕》

因为我们习以为常的无知与成见,许多优秀的作品往往被忽略,被轻慢,这是谁的损失呢?肯定不是作曲家的损失,也不可能是演绎者的损失,那一定是我们的损失。

《玛捷帕》，一部很容易被错过的歌剧，对于那些与柴科夫斯基有着特殊情感联系的人来说，不想方设法听一听或者看一看，尤其不能原谅。

我的《玛捷帕》是通过 DVD 看来的，在此之前，我从来没有想到去听这部歌剧的录音。其实，因为我们习以为常的无知与成见，许多优秀的作品往往被忽略，被轻慢，这是谁的损失呢？肯定不是作曲家的损失，也不可能是演绎者的损失，那一定是我们的损失。

我本来听老柴的歌剧很少，能完整地听上一两遍《叶甫盖尼·奥涅金》或《黑桃皇后》就已经很知足，是否再为《玛捷帕》或《奥尔良的姑娘》挂怀倒也无所谓。但是现在我因机缘巧合，居然一口气把这张由圣彼得堡马林斯基剧院表演的《玛捷帕》DVD 看完了。每当我看到激动之处，脑海里总出现一个念头，就是替为数众多的"老柴迷"惋惜，在我所认识的一部分人当中，可从来没听他们提起过《玛捷帕》，有几位公认的"老柴专家"在著书立说的时候，可谓蜻蜓点水，面面俱到了，却独缺少关于《玛捷帕》的评述，岂不遗憾？

波兰贵族玛捷帕的故事，反映在音乐当中，流行最广的是李斯特的钢琴曲和交响诗，故事来源于法国作家维克多·雨果的小说，其中也掺杂着拜伦、德拉克罗瓦和李斯特自己的想象，是典型的浪漫主义幻想虚构的题材。但是柴科夫斯基的歌剧所本的是普希金的长诗《波尔塔瓦》，有真实的历史背景和细节，从故事发生的时间判断，它应该在雨果小说所描述的故事之后，讲的是玛捷帕已经当上哥萨克的首领统治乌克兰的事情。

歌剧一开始本来是歌舞升平，风平浪静，充满俄罗斯美丽的田园风光和民间情趣。富庶的地主科库贝的女儿玛丽亚长期暗恋年事已高的哥萨克首领玛捷帕而拒绝同村年轻的哥萨克安德烈，恰好玛捷帕在一次造访临别时向科库贝求婚。这本来是两相情愿、皆大欢喜的好事，可保守固执的科库贝却像受到侮辱似的，也不征求一下女儿的意见，就断然拒绝玛捷帕的求婚，还一个劲地对着上帝众人起誓，又是断交，又是谩骂，简直不可理喻，令哥萨克首领大丢颜面。

科库贝发疯的理由到底是什么呢？就是因为玛捷帕在年龄上可以做玛丽亚的父亲，而他确实是玛丽亚的教父。玛捷帕一开始还很克制，语重心长地向未来岳父阐述老年人对待爱情的忠贞与可靠，听得我都大受感动，真以为那个老地主也会随之回心转意呢。可这老头越发不识相，居然拔出刀来要挑起战争。没办法，女儿玛丽亚奋不顾身地冲到双方剑拔弩张之间，苦苦哀求和平解决问题。愚蠢的老地主胸有成竹地让女儿做出选择，岂料正中玛丽亚下怀，她义无反顾地扑向玛捷帕，什么都不顾不上带跟着老情人就跑了。

情节发展到此时还可以往喜剧方向发展，但是老地主非要复仇一解心头之恨，他想起玛捷帕和他做朋友时说过的话，判定玛捷帕要勾结瑞典人背叛沙皇，于是便赴京告密，结果却让沙皇把他移交给玛捷帕处置。玛捷帕起初还不想杀他，无奈老头死硬到底，被复仇的火焰烧得昏头转向，终于迫使玛捷帕宣判他的死刑。玛丽亚直到母亲赶来才知道这一凶讯，两人跑到刑场，结果还是晚了。玛丽亚一下子就疯了。

玛捷帕还是憋不住造了反,结果在波尔塔瓦战役大败而逃,鬼使神差地跑到了科库贝家的废墟,年轻的安德烈追赶到这里,想杀玛捷帕报仇却被后者击伤。疯疯癫癫的玛丽亚手捧鲜花谁也不认,令玛捷帕黯然神伤,悲泣离去。濒死的安德烈请求玛丽亚把头靠过来让他获得人生最后的满足,却到死都未遂所愿。

怎么样?故事还是很刺激吧?除了剧情以外,老柴的音乐也很讲究,几乎听不出是他的风格,不过想想这是《叶甫盖尼·奥涅金》和《雪娘》之后的作品,作曲家总要寻求突破啊。复兴这部歌剧有功的指挥家瓦列里·格吉耶夫的夸张而细致的手势,让音乐变得更加有趣,引人入胜,他的歌唱性一直把握得很好。再看舞台上是地道的17世纪俄罗斯风情画,小伙子帅气,姑娘们美丽,跳起舞来上天入地,显得我们都是残疾人一样。

男中音普提林演唱的玛捷帕既高贵又威严,完全是本色表演,他可能是马林斯基剧院最西方化的歌唱家。与普提林相比,阿利克萨什金饰演的科库贝就要土气多了,不是故意演得土,而是本来就土。同样土气的还有饰演安德烈的鲁丘克,他的男高音嗓子一亮就是浓重的俄语腔,估计他也唱不好意大利或法国歌剧吧?迪亚德科娃饰演的玛丽亚容貌、表演都比歌声迷人,作为女高音,她的嗓子有点厚了,不过好在大段的歌唱并不多,她那么迷人,那么令人同情,已经让人无暇细究她的歌喉。刑场那段她跑上台来发现父亲已被处死时的造型太了不起了,那一瞬间的停滞简直有史诗般的意象,堪称神来之笔,一睹难忘。

"正宗"西贝柳斯

既然在西贝柳斯方面认定万斯卡,就必须接受他的《列敏凯宁》,这是完全不同的意境啊!就像驰骋中俯瞰茫茫雪原河川的那种隐秘而黯淡的神奇体验。

几年前就有朋友喋喋不休道：西贝柳斯的时代即将到来。而在我看来，西贝柳斯的时代早已到来，他的唱片在他生前的五十年代即已成为录音的主流，远比音乐会演出要多。经作曲家本人钦定的名版及指挥家的名单上便有托斯卡尼尼、库谢维茨基、比彻姆、巴比罗利、卡拉扬等大师级人物。

目前在唱片市场上经久不衰一直热卖的西贝柳斯权威阐释大师除上述业已成精的已故前辈外，还有伯恩斯坦、洛林·马泽尔、科林·戴维斯、奥科·卡姆、亚历山大·吉布森、阿什肯纳吉、伯格隆德、布隆施塔德、库特·桑德林、拉特尔、萨洛宁、萨拉斯蒂等人的版本。我今天要介绍的是我认为足可代表西贝柳斯最新演绎成就的奥斯莫·万斯卡指挥芬兰拉蒂交响乐团、奥斯莫·奥拉莫指挥伯明翰城市交响乐团以及尼姆·雅尔维指挥戈德堡交响乐团的版本。它们在最近几年陆续问世，可以说为西贝柳斯的音乐带来最贴近北欧地域风情声音，我将其许为最"正宗"的西贝柳斯之声。

奥拉莫的录音我还没有买全，而且就我目前听到的几首交响曲录音而言，他的水准与拉特尔在伯仲之间，在此暂且节省笔墨，留待听完全集再评。我要说的是另外两个新版本。

首先要谈的是万斯卡和拉蒂交响乐团在BIS的录音。从唱片目录上看，万斯卡几乎将西贝柳斯的交响曲及管弦乐作品一网打尽，而且还加入多个"世界首次录音"，也就是说他因为能接触到作曲家的大量手稿档案，总能有录制"原版"的机会。这一点很重要，可以说把所谓的"原汁原味"宗旨发挥到极致。

除了七部交响曲之外，万斯卡录音中更有价值的是那些我们以往很少问津的戏剧配乐，包括《暴风雨》、《每一个人》、《克里斯蒂安二世国王》、《林中女妖》、《佩利亚与梅丽桑德》等。从听录音的角度说，万斯卡和拉蒂交响乐团似乎是专为演奏西贝柳斯而存在的。他们出来的音色最对味，温暖、舒展、松弛、透明，抒情性和史诗性兼具，旋律线条宽广，织体还经常有种雾状感。仅就演奏西贝柳斯交响曲而言，拉蒂交响乐团的编制不算大，甚至可以说刚刚达到标准，却能将音响比例处理得恰到好处，可以说每一个声音都是完美极致之作。

　　正是这个我在聆听唱片时推崇备至的乐团，现场音乐会曾经让我一度失望。那是在四五年前的北京世纪剧院，因为"新年音乐会"的连锁反应，剧场内环境恶劣透顶，大量的空座是在整个上半场演奏《塔皮奥拉》和C大调第七交响曲过程中陆续填满的，想想后一部浓缩了交响乐最严谨简洁语汇的作品吧，即使正襟危坐地专心聆赏，都要费一番精神，而此刻我的眼前总是有人群走动，他们还互相在聊着天。不独一心想听西贝柳斯的观众，乐团的状态肯定也大受影响。六十余人的编制本来在很吃声音的世纪剧院内就显得音色单薄干枯，几乎没有音场共鸣，再加上人为的干扰，唱片中那种明亮、湿润和绵厚根本听不到。曾经最动听的弦乐竟然都达不到齐整，铜管吹得也很紧张很忐忑，几乎没有音色方面的修饰，与唱片中判若两界。木管可能是表现最稳定的，依稀可辨唱片中的圆润和丰富表情，但仍与心目中的声音有距离。

　　听这样的音乐会当然使我心有不甘，回过头再听唱片，感觉立刻又回来了，而且越听越喜欢，我甚至说这是我的西贝柳斯最爱恐亦不为过。

编号918和1125的两张唱片是我除交响曲之外听得最多的,它们堪称西贝柳斯管弦乐曲的精粹。《塔皮奥拉》、《芬兰颂》、《忧郁圆舞曲》以及《春天之歌》都是沁人心脾的绝佳演绎,而《卡莱利亚》、《克里斯蒂安二世国王》和《佩利亚与梅丽桑德》即使不那么著名,也绝对属于百听不厌的美乐。如果一开始听这些作品就马上接触万斯卡,没有不永久喜爱它们的理由。至于《暴风雨》、《每一个人》我想除了听万斯卡还真是别无选择,它们的动听程度不亲耳聆听又怎能意料得到?当然我们也不能忽略了万斯卡的《列敏凯宁》组曲,即使有雅尔维和萨洛宁的不差上下的版本,既然在西贝柳斯方面认定万斯卡,就必须接受他的《列敏凯宁》,这是完全不同的意境啊!就像驰骋中俯瞰茫茫雪原河川的那种隐秘而黯淡的神奇体验。

在万斯卡之前,雅尔维是BIS的御用西贝柳斯诠释者,只可惜他使用的乐团是苏格兰的,声音不够坚实挺拔,个别声部多有瑕疵,这大概也是万斯卡在BIS逐渐取代他的原因吧?然而DG的"大黄标"并没有放过雅尔维,继获奖无数并具有传世价值的《格里格管弦乐全集》之后,雅尔维与戈德堡交响乐团合作的最新杰作便是《西贝柳斯交响曲全集》。

雅尔维的西贝柳斯越来越宏大精美,思路非常清楚,甚至有大而化之的嫌疑,这在第一和第二交响曲中表现尤为明显。从乐曲结构上来衡量雅尔维,他毫无疑问有大家手笔,轮廓的清晰和前后脉络的一致都使得西贝柳斯的音乐越来越趋向主流风格。雅尔维同样是色彩大师,他的音色靓丽璀璨,光芒耀眼,其华丽的铺陈有些许夸张，不如万斯卡内敛与本真。

如果用一句简单的话来概括万斯卡和雅尔维的西贝柳斯，那么前者是小而柔，后者是大而坚。对于音响重放系统的选择来说，万斯卡适合小尺寸，雅尔维在大尺寸中经得住考验。如果想试一试的话，你该做如何选择？

并非"法式"的贝多芬

在这种底色上诞生的"马氏贝多芬"是不是更可以准确而深刻地表达贝多芬的四首与法国大革命有血脉联系的交响曲神髓呢?这样的贝多芬如果不再简单以"法式"况之,便极有可能是贝多芬一直憧憬的音乐理想境界。

如果让我选一个演奏贝多芬最好的法国乐团，法国国家乐团无论在德西雷-艾米尔·因格尔布莱希特时代还是在安德烈·克路易坦时代都会是我的首选。我当然从不敢奢望能够听到首席客座指挥赛尔吉乌·切利比达克时代的法国国家乐团，那个时候不要说是贝多芬，即便是乐团最擅长的德彪西，切利比达克都能够达到"无上之境"，成就一个又一个音乐的祭典。

法国国家乐团是由几位最杰出的法国指挥家共同缔造的伟大乐团，它的历史虽然短暂，却因为崇尚德奥风格而迅速在欧洲声誉鹊起。从前是专攻德奥音乐的法国指挥家如因格尔布莱希特、克路易坦和夏尔·明希等致力于"法式贝多芬"的风格磨砺，而今日之法国国家乐团，在当下最伟大的德国指挥大师库特·马舒尔近八年的锻造中已经成长为世界最优秀的"贝多芬乐团"之一，这种贝多芬不再是"法式"的，而是正宗地道的"德式"。即将到来的国家大剧院的两场音乐会将是一次盛况空前的"贝多芬交响盛宴"，在贝多芬诞辰240周年到来之际，我们能够连续两天欣赏到马舒尔指挥法国国家乐团的贝多芬第三、五、六、七交响曲以及《艾格蒙特》和《菲德里奥》两首序曲，可谓一下子便享受到"贝多芬年"最奢华纪念盛典，好日子是不是来得过快！

马舒尔的贝多芬是眼下最"靠谱"的贝多芬，这不是我的"独家观点"，是德国人首先这样以为的，"识货"的法国人自然也对他的贝多芬推崇备至。十几年前，一次和严宝瑜教授的谈话中，他的一番关于马舒尔与卡拉扬的贝多芬孰优孰劣的言论今天回忆起来仍有醍醐灌顶之淋漓。马舒尔的贝多芬阐释风格虽然来自尼基什、阿本德洛特和孔维奇尼的所谓萨克森传统，但是马舒尔并非一个墨守成规的人，他近半个世纪前在德累斯顿和莱比锡上演的贝多芬居然也被赞为一场革命，他把贝多芬交响曲中的戏剧因素发挥至极致，为贝多芬交响乐的调色板增添了无限丰富的色彩，特别使贝多芬管弦乐结构中的内在性得以充分袒露。严教授1950年代在莱比锡留学期间经常聆听阿本德洛特和孔维奇尼的贝多芬音乐会，1970年代去德国访问时，德国朋友向他推荐了马舒尔。严教授给我比较了卡拉扬和马舒尔的贝多芬"英雄"和"命运"，无论是音色的温暖程度还是音乐的感染力，马舒尔的版本都是那么令人感到亲近，那么震撼人心，真挚朴素的情怀直达胸臆，爱的暖流滴入心田。

马舒尔的贝多芬毫无疑问也得到全球性的认可，他在伦敦爱乐乐团及纽约爱乐乐团时代的贝多芬同样一票难求。在卡拉扬和伯恩斯坦相继辞世的20世纪末，马舒尔俨然成为贝多芬交响乐的首席代言人。当他身兼德累斯顿爱乐乐团、莱比锡格万德豪斯乐团、伦敦爱乐乐团、纽约爱乐乐团、以色列爱乐乐团以及法国国家乐团的或"荣誉"或"桂冠"或"终身"等指挥头衔时，我更感觉他像一个德高望重的布道者，所到之处广而告之：什么是真正的贝多芬！是的，一定是贝多芬！尽管我还深深为马舒尔的舒曼、门德尔松、柴科夫斯基和马勒着迷，但作为贝多芬诠释史上里程碑式的人物，马舒尔的贝多芬最令人期待！

需要补充提及的是，让·马蒂农和夏尔·迪图瓦时代的法国国家乐团大有重新收拾法国音乐山河之势，乐团在大量演奏德彪西、拉威尔、梅西安、迪蒂耶等人作品过程中得到必要的锻炼，整体素质有重要提高，使其日益彰显不同于巴黎乐团的特质。在这种底色上诞生的"马氏贝多芬"是不是更可以准确而深刻地表达贝多芬的四首与法国大革命有血脉联系的交响曲神髓呢？这样的贝多芬如果不再简单以"法式"况之，便极有可能是贝多芬一直憧憬的音乐理想境界。

是施特劳斯,更是海顿

正是在这首海顿作品中,巴伦波伊姆为整场音乐会奠定了基调,他的维也纳风格显然更属于海顿式甚至莫扎特式而非施特劳斯,他在海顿这首并非分量足够的乐曲中似乎一下子复活了。

指挥大师丹尼尔·巴伦波伊姆首度执棒维也纳爱乐新年音乐会的消息早在2007年底便在维也纳爱乐乐团的官方网站发布，虽然没有了悬念，还是令人翘首以待经年。在乔治·普雷特里为维也纳音乐风情涂上浓郁的法兰西色彩之后，我们有理由相信，巴伦波伊姆的施特劳斯家族"轻音乐"将会呈现出"举轻若重"的德奥"严肃音乐"的状貌，正如我在一年前评论普雷特里的新年音乐会一文结尾所言——"也许我们即将欣赏到的是一次克莱门斯·克劳斯式的新年音乐会，作为新年音乐会的开创者，克劳斯将施特劳斯家族的音乐提升到纯音乐的高度，并广为人知晓"。

在维也纳爱乐的惊人可塑性面前，"巴伦波伊姆风格"得到十分到位的体现，起始曲目《威尼斯之夜》雄浑稳健，完全剔除了"轻歌剧"的成分，即使其中的华尔兹段落，都是那么四平八稳、言之有物地进入，不得不承认巴伦波伊姆此刻已在倾尽全力，使得这首鲜为人知的序曲一下子或威仪八面或柔情万种地风光亮相。也许身处现场的听（观）众更有可能受到气氛的感染，而并不能产生与此前同类音乐会的强烈对比感，对我来说，聆听CD与观赏现场实况转播除了在音响效果上有较大差别外，总的感觉基本一致，一句话，这是一次音乐性、聆赏性极强的"新年音乐会"。

巴伦波伊姆当然要带来能够彰显他的身份及背景的作品，所以第二首《东方童话华尔兹》便被他演绎得更加"受力"，舞蹈的轻盈被徐缓沉郁的步伐取代，抒情性大大提高，甚至在句法的呼吸间洋溢着深深的眷恋和感动。同样的解读方式也出现在《南方的玫瑰华尔兹》，宽广的序奏引入宏大的主题，竟然再也带不起旋转的舞步，这也许是我听到的最严肃刻板的施特劳斯华尔兹，而它又是那么让人熟悉的《南方的玫瑰》。

《吉普赛男爵》序曲原本便是音乐戏剧性很强的音乐，巴伦波伊姆毫不吝惜他的深度刻画才华，于宏大结构下着眼每一处细节，实在大大提升了该曲的音乐会地位。紧随其后的该剧《入城式进行曲》尽管节奏仍嫌稍缓，但气氛已明显改变，与序曲的庄严沉郁形成对比，顿生神清气爽之感。此时现场气氛好像第一次达到应有的高潮，足见巴伦波伊姆走的是卡拉扬和普雷特里的路子，并不醉心于像马泽尔、梅塔、穆蒂等人那般孜孜以求于调动观众热情的"新年方式"。

2009年在维也纳是一个特殊年份，两百年前的5月31日，"交响曲之父"约瑟夫·海顿在入侵法军的炮火中病逝于玛丽亚希尔法（Mariahilfer）附近的寓所。为迎接即将到来的"海顿年"，维也纳爱乐新年音乐会首演了海顿"告别"交响曲第四乐章——乐师们在观众的开怀笑声及喧哗中停止演奏，一一离去，以一种近于搞怪的方式表达对海顿式幽默的温暖敬意。然而，正是在这首海顿作品中，巴伦波伊姆为整场音乐会奠定了基调，他的维也纳风格显然更属于海顿式甚至莫扎特式而非施特劳斯，他在海顿这首并非分量足够的乐曲中似乎一下子复活了，那种源源不息的生命力扑面而来，无论是分句呼吸还是节拍递进都那么浑然天成，沁人肺腑。维也纳的新年音乐会就这样在临近结束的时候印上了海顿的标记，它本应是热闹的顶点，却在现场观众还没有欢乐够的情况下突如其来地迎来了"安可曲"，一气呵成的《心满意足波尔卡》之后便是年年期待的《美丽蓝色的多瑙河》及《拉德茨基进行曲》。

在本次新年音乐会首演的六部作品中，约瑟夫·赫尔梅斯伯格的《西班牙华尔兹》有着极为特殊的意义，巴伦波伊姆因其卓越的成就和人道主义精神，曾被西班牙政府授予荣誉公民，《西班牙华尔兹》在新年音乐会的妩媚登场，无论对指挥家本人还是西班牙政府，都是一次充满喜悦的致意。

对于热衷收藏维也纳爱乐新年音乐会唱片的人来说，巴伦波伊姆执棒的2009年肯定具有特殊的价值，虽然还不能马上将其与六十余年前的克莱门斯·克劳斯的成就作简单比较，但是在1987年卡拉扬、1989年及1992年卡洛斯·克莱伯、2001年及2003年哈农库特、2008年普雷特里之后，巴伦波伊姆毕竟继续维护了爱乐者心目中的"维也纳爱乐新年音乐会"的高品位及高水准。他的亲和力也许远不及更受现场观众欢迎的马泽尔、梅塔或穆蒂，但作为录音制品，它毫无疑问将成为维也纳"通俗音乐"的演绎经典，在每一位爱好者的唱片架上占有一席之地。

"费城之声"或"爆棚"与"色彩"

看看奥曼迪之后的三位指挥家都是擅长德奥大部头作品的行家,他们的音乐会势必与奥曼迪和斯托科夫斯基培养起来的听众"渐行渐远"。

费城乐团的辉煌似乎在尤金·奥曼迪卸任之后就戛然而止了。缺少兴奋点的里卡多·穆蒂、貌似知识分子的沃尔夫冈·萨瓦利什和神经质的克里斯托夫·埃申巴赫似乎都不能重现RCA录音时代的"费城之声"。将于5月率领费城乐团第五次访华的夏尔·迪图瓦尽管只是过渡性质的"首席指挥",但我倒以为他会让久违的"费城之声"有回归的可能。

首先我们必须承认费城乐团仍是一个伟大的老牌乐团的事实,它在任何一位指挥的手里都能发出不俗的声音,可谓状态极其稳定。从收藏唱片录音的角度,我不会排斥任何与费城乐团有关的演奏。但是很显然,费城乐团最近二十年人气的下降是因为它的声音风格在追求更高级更深刻的内容,看看奥曼迪之后的三位指挥家都是擅长德奥大部头作品的行家,他们的音乐会势必与奥曼迪和斯托科夫斯基培养起来的听众"渐行渐远"。当然,无论是奥曼迪还是斯托科夫斯基,都是讲究"音响爆棚"的发烧级指挥家,唱片在黄金年代的传播也为他们赚足了拥趸。

夏尔·迪图瓦同样是一位通过唱片录音的发烧而名闻遐迩的指挥家,他在20世纪八九十年代甚至是法俄音乐唱片录音之执牛耳者,成功缔造了DECCA"升级版"发烧神话。就曲目范围和唱片传播而言,迪图瓦和奥曼迪非常相像,所以这次迪图瓦和费城乐团的访华曲目终究没有偏离"传统",除了老柴的D大调小提琴协奏曲之外,其他都是奥曼迪、迪图瓦或者不如说是费城乐团的看家曲目。比如柏辽兹《罗马狂欢节序曲》和拉威尔的《圆舞曲》都是需要管弦乐能量推动的大乐队作品,迪图瓦当年只是指挥加拿大蒙特利尔交响乐团的演奏就已经掀起惊涛骇浪，绚丽的色彩光怪陆离。我还没有听过迪图瓦指挥演奏的拉赫马尼诺夫的《交响舞曲》，但这恰恰是费城乐团奥曼迪时代的保留曲目，我们只需想象一下迪图瓦在穆索尔斯基《展览会上的图画》中那一段段纷呈画面的表现，这个节奏变化丰富、配器五光十色的《交响舞曲》想不叫人血脉贲张都不可能，即使最文雅的指挥如约翰·艾略特·加迪纳者，都抑制不住该浪漫张扬作品的纵横恣肆！可以预言，这部在我国不常被演奏的作品将成为本次费城乐团访华演出的最大亮点。

迪图瓦在第二场音乐会上更是不出所料、毫不吝啬地"秀"出自己最擅长的斯特拉文斯基。《火鸟》组曲和《春之祭》是他的标签，二十多年前的录音长期高踞"音响发烧榜"，培养了几代斯特拉文斯基粉丝。虽然基本属于斯特拉文斯基同期作品，两者却呈现完全不同的意境，所以不管是火爆的律动还是深情的倾诉，我都希望国家大剧院观众席上保持绝对的安静，这些表面看起来"喧腾热闹"的舞蹈音乐，却需要演奏者和听众对细节的最专心的关注。

众所周知，温和而优雅的迪图瓦先生在音乐会上的协奏曲搭档从来不乏美女，这次的"依人小鸟"是在短时间内即第二次登台国家大剧院的德日混血小提琴家阿拉贝拉·施坦巴赫。喜穿红衣的阿拉贝拉早在五年前便被我惊为天人，不仅是得天独厚的美貌和气质，她简直天生是演释异国情调和现代性音乐的高手！可惜她来北京两次所呈现的曲目不是莫扎特就是柴科夫斯基，都不是发挥最出彩的作品。中国听众为何总也听不到她自己更喜欢的肖斯塔科维奇或普罗科菲耶夫呢？哪怕是她刚刚为 PentaTone 录制的德沃夏克和希曼诺夫斯基也是惊喜一场啊！难道我们真的能从中国人最最熟悉的老柴 D 大调协奏曲里听到不一样的"阿拉贝拉感觉"？

"学院派"的马祖卡

二十首精挑细选的美轮美奂的马祖卡舞曲足可见证肖邦的马祖卡之美,而阿里·瓦迪的演奏将是一次教科书式的解读,堪比"大师课"的示范演奏,对于钢琴学子和肖邦爱好者来说都足够奢侈难得。

肖邦之所以成为肖邦，是因为他有六十首马祖卡。我爱肖邦，爱的正是他的马祖卡。马祖卡是波兰的，但肖邦的马祖卡只属于肖邦，所以即使再听到别的作曲家的马祖卡，我都否认那是马祖卡，因为它们再也无法呈现肖邦的马祖卡之美，这美独一无二，任谁也替代不得。

2010年的"肖邦200"让我们有机会在北京享受到肖邦音乐饕餮大餐，国家大剧院遍请名家，各展绝活，展现的是肖邦的"外延"一面；中山公园音乐堂则致力于肖邦曲目的系统化，意在关注肖邦音乐的内涵本身。在由以色列钢琴家吉尔·绍哈精心策划的"完全肖邦"系列里，犹以钢琴教育家阿里·瓦迪的马祖卡专场最具聚焦热度。二十首精挑细选的美轮美奂的马祖卡舞曲足可见证肖邦的马祖卡之美，而阿里·瓦迪的演奏将是一次教科书式的解读，堪比"大师课"的示范演奏，对于钢琴学子和肖邦爱好者来说都足够奢侈难得。

我们的时代不乏诗性的肖邦，浪漫主义的解读方式更是已有落伍之嫌。著名钢琴教授阿里·瓦迪所处位置恰在新旧肖邦的连接点上，难得他还身体力行，始终不肯放弃演奏家的角色。瓦迪以其过人的见识和精湛的琴艺，培养出一代又一代肖邦诠释大家。他的"大师课"是最具价值的肖邦音乐分析，在全世界都有相当的号召力和影响力，他的"肖邦观"可谓"与时俱进"，始终屹立前沿，常释常新。

据说阿里·瓦迪的日程安排得非常紧密，即使贵为他的私淑弟子都很长时间才会轮到一课。如此说来，我们能够身在北京现场聆听瓦迪弹奏的马祖卡专场音乐会，该幸何如之？须知马祖卡并无技巧上的炫耀，全凭对肖邦超然意境的把握。作为创作时间跨度较长（1827—1847）的乐曲类型，马祖卡可谓凝聚了肖邦的全部情愫，全然从民间舞曲蜕变为内在的抒情叙事曲。它构成的波兰舞曲的反向对应，是从内容到形式都非常精致的小品，内蕴细腻丰富，直可洞察肖邦的隐秘世界。

相对于鲁宾斯坦和阿什肯纳吉这样肖邦圣手的演奏风格，瓦迪的马祖卡脉络更加清晰，学理性更强，虽然被视为"学院派"肖邦，但其句法既不呆板，旋律线亦非平铺直叙。听瓦迪的马祖卡，如同体验一次肖邦精神的历险，外冷内热丝丝入扣，呈现的是有明确路向的肖邦心旅。这是分外感人并启迪深思的肖邦，肖邦音乐的深邃性和多元性，以及肖邦内在精神的洁净崇高，都会通过这种具有严肃庄重气质的演奏获得体现。

阿里·瓦迪的马祖卡让肖邦不再是中产阶级的时尚生活点缀，它必将起到洗礼心灵的作用。通过"肖邦年"，我们可以再次认知肖邦的伟大，通过马祖卡，我们同样再次被肖邦的艺术格调征服。当瓦迪近乎客观冷静地演奏马祖卡之时，吸引我们耳朵的正是音乐本身，相信此刻的瓦迪，已是肖邦附体。

一门三杰闯天涯

在忙碌而烦嚣的 2009 年即将结束之际,毫无疑问这是最值得期待的音乐会了,所谓"以施尼特克或罗日杰斯特文斯基家庭的方式向海顿致敬"。

俄罗斯当今最具声望的指挥家根纳迪·罗日杰斯特文斯基对中国人来说一点都不陌生，虽然他是属于上一个时代的音乐大师，但是除了年龄摆在这里之外，丝毫不见老态，而艺术境界却已臻化境，对浪漫派音乐特别是俄罗斯音乐的诠释，在乐坛牢牢占有一席之地，可谓执"一家之言"也。

罗日杰斯特文斯基因其成名颇早，故与许多俄罗斯作曲家过从甚密，他与肖斯塔科维奇和阿尔弗雷德·施尼特克的友谊一直传为佳话。中国的乐迷曾经有机会现场聆赏罗日杰斯特文斯基指挥中国交响乐团演奏的肖斯塔科维奇和柴科夫斯基，但是能够亲身接触到得自最正宗最权威传承的施尼特克还是第一次。我们甚至可以这样理解，罗日杰斯特文斯基是施尼特克最亲密的指挥家朋友，他有多部作品题献给他，其中包括最重要的晚期作品第八交响曲。即将于2009年11月14日在中国爱乐乐团音乐会上演的第六大协奏曲（又称钢琴、小提琴双重协奏曲）虽是题献给指挥家的妻子、著名钢琴家维多利亚·波斯蒂妮科娃，却是写给指挥家全家演奏的。作品完成于1993年6月，1994年1月11日由罗日杰斯特文斯基在莫斯科指挥首演，波斯蒂妮科娃演奏钢琴、他们的儿子萨沙·罗日杰斯特文斯基演奏小提琴。从此，这个演奏组合便成为该作品的最佳诠释者，并于1994年11月14日（竟然与即将到来的音乐会同一天！）在斯德哥尔摩音乐厅为英国CHANDOS唱片公司做了首次录音，乐团是皇家斯德哥尔摩爱乐乐团。

除了演奏施尼特克为罗日杰斯特文斯基"一门三杰"量身度作的第六大协奏曲之外，他们还将在音乐会上合作约瑟夫·

海顿的钢琴和小提琴双重协奏曲，以纪念海顿逝世200周年。海顿是施尼特克非常尊崇的作曲家，他音乐的"拼贴风格"有很多灵感来自海顿音乐的启发，可以说他是继承海顿精神最独特的当代作曲家，但是能够把海顿的这首双重协奏曲与施尼特克的第六大协奏曲放在一场音乐会上演奏，应当是罗日杰斯特文斯基的创意，也许是几年前在莫斯科的音乐会已经是这种形式了。尽管海顿的这首作品最初是为管风琴和小提琴而写，但长期以来在音乐会上演奏都被改编为大键琴或钢琴与小提琴，这是一首异常优美恬静且洋溢着浓郁古典风格的协奏曲，钢琴精心呵护着小提琴，弦乐做相得益彰的支撑，无论在畅美如歌或悦耳音响方面都堪称完美。在忙碌而烦嚣的2009年即将结束之际，毫无疑问这是最值得期待的音乐会了，所谓"以施尼特克或罗日杰斯特文斯基家庭的方式向海顿致敬"。

音乐会下半场曲目同样是罗日杰斯特文斯基的擅长。从罗日杰斯特文斯基的出身看，他青少年时期一定和普罗科菲耶夫非常熟悉，所以他才能够在很年轻的时候便指挥普罗科菲耶夫部分作品的首演。芭蕾舞剧配乐《罗密欧与朱丽叶》在我看来是普罗科菲耶夫最具人文价值的作品，而罗日杰斯特文斯基的演奏录音毫无疑问在最权威解读之列，当我一直在抱怨中国乐团始终没有令人满意的"罗朱"之际，堪比"罗朱"正宗传人的罗日杰斯特文斯基莅临中国爱乐乐团，一场感人肺腑的音响盛宴即将开幕。

羽佳现身,当此时也

如此看来,羽佳的第一张唱片便不仅是两头"巨兽"的简单盘踞,中间新鲜的"混搭"更是她的匠心独在。

王羽佳的名字几年前听说过,但真正意识到不可"等闲视之"是她在去年底今年初突然以"横空出世"之势占据了我所得到的音乐信息的核心部分。《华盛顿邮报》主笔 Anne Midgette 在盘点 2008 年度古典音乐会专栏中,无可争议地将王羽佳大获成功的华盛顿首演列入年度十大音乐会,并对年仅二十岁的中国女孩鬼斧神工地驾驭李斯特《B 小调奏鸣曲》由衷赞美。无独有偶,《旧金山年轮报》的 Joshua Kosman 干脆将二三月份的两场王羽佳音乐会列为年度十大音乐会之首,并不无含蓄地称其为钢琴界"未来的希望"。

羽佳在欧美"窜红"已近一年,在此期间,DG 唱片公司一直派专人出席羽佳的每一场音乐会,却并不让她知道。终于有一天在瑞士的维尔比耶,DG 的总裁米歇尔·朗先生露面了,他第一次聆听羽佳的琴声便深深着迷,我想这种着迷是绝不同于聆听郎朗和李云迪的感受。签约 DG 是命运使然的机缘重逢,因为羽佳平生买的第一张唱片就是 DG 出品的波利尼演奏的肖邦,而她在 DG 录制的第一张唱片同样以肖邦为核心。这种对生命奇迹的感动怎可用语言来形容? "我兴奋得不知所措,好像我第一次公开演奏一样……"

时光飞逝,闪电签约 DG 的羽佳于去年底在汉堡顺利完成了录音,信号的拾取就像一场精彩的独奏会的现场。对于还没有机会欣赏羽佳音乐会的人来说,听唱片变成一种热切的期待,这期待的人群中当然包括笔者本人。

这张唱片的曲目安排可谓吊足胃口,既有肖邦降 B 小调第二奏鸣曲,又有李斯特 B 小调奏鸣曲,两头钢琴独奏作品中的"巨兽"竟然被一位纤弱的小女孩放在一起驾驭，这与其说是唱片公司的市场策略，不如看作小羽佳渴望"一飞冲天"的"野心昭彰"。我甚至不敢想象羽佳是否在一台音乐会上同时弹奏过这两部作品，从而导致欧美大牌音乐评论家"目瞪口呆"。在亲耳聆听唱片之前，我也无从揣摩羽佳是如何分配她的心力给两部在意境上呈现两极态势的伟大经典，一位女孩子应当怎样周旋往复于天使和魔鬼之间，无论是肖邦关于生命的终极思索还是李斯特复杂的人性多元，都需要演绎者在精湛过硬的技巧之外对人文智性的彻悟。

正像我们熟悉的郎朗一样，作为同门（柯蒂斯音乐学院加里·格拉夫曼门下）师妹的羽佳早在数年前便以"飞指钢琴手"蜚声网络视频，她的炫技在今天看来未免"小儿科"，因为当她指下流出的肖邦和李斯特带着浓郁的诗情和指向清晰的意蕴趋于一个完整的结构时，我们再也不能仅仅使用关于钢琴技术的词汇将她框定。羽佳的成长道路其实并无神秘可言，天赋加上努力仍是老生常谈却颠扑不破的铁律。羽佳的天赋不容置疑，更重要的是羽佳的追求从来都在品位之上，这大概和从小受教育环境以及早早便拥有像陈宏宽这样仁厚博学的良师有关。羽佳好读书，爱音乐，勤思考，求知欲望与开放思维兼具，何愁不成大家？她从斯克里亚宾的升G小调第二奏鸣曲中寻找与肖邦降B小调第二奏鸣曲的精神同一性，并匪夷所思地将久尔吉·利盖蒂的两首练习曲并入升G小调奏鸣曲的结构当中，使其真正成为能够在乐思和意境方面足以与降B小调奏鸣曲相对应的超越之作。如此看来，羽佳的第一张唱片便不仅是两头"巨兽"的简单盘踞，中间新鲜的"混搭"更是她的匠心独在。

羽佳在和国外乐评家聊天时，将李斯特B小调奏鸣曲与歌德杰作《浮士德》及瓦格纳歌剧之间的关系说出来了，这其实并不有助于我聆听她的录音。所谓"巨兽"在羽佳纯净的情感呵护下竟化作风情万种，这是我听过的最美的B小调！起头的乖张因为乐天而诡异的"魔法师的徒弟"（利盖蒂）的消解性，展现出来的竟是犹如童话世界的"黑暗王国"，它只是扎扎乌乌地骇人，却一点都不恐怖。当画卷一页页翻开的时候，羽佳琴声的璀璨、魔幻、憧憬和冥想纷至沓来，间或有陌生人闯入的奇怪效果，直至结尾的一声长吁，将意味深长的幻想伸向远方。

在姗姗来迟的9月琉森音乐节进京之前，在亲眼目睹克劳迪奥·阿巴多与小羽佳联袂演奏普罗科菲耶夫C大调第三协奏曲尚需翘首以待之时，我们将有机会在6月4日的国家大剧院见识当今世上最走红的年轻女钢琴家的不凡功力。除了斯克里亚宾的升G小调奏鸣曲之外，独奏会曲目都和她的首张唱片无关。这是一套见证羽佳由青涩而步入成熟的历程，四首斯卡拉蒂加勃拉姆斯的《帕格尼尼主题变奏曲》是坚实的基础，两首斯克里亚宾作为旧与新的连接部，顺理成章地导出斯特拉文斯基的《彼得鲁什卡三乐章》。这样的音乐会曲目安排，不由令我产生对海伦·格丽茂的联想，后者签约经纪公司和唱片公司的先决条件便是保留曲目安排的自主权，所以她的每一场音乐会和每一张唱片，都堪比一个哲学命题。不过，我的这种联想和演奏风格无关，同样是肖邦的降B小调，我听到的是大相径庭的解读取向。当然，我也尊重羽佳不同意拿自己与阿格丽希作比的观点，因为她们所观照的李斯特B小调是那么截然不同，从这个基点上讲，羽佳的演绎具有开创性意义。

小鱼儿与花无缺

如果从两人的成长轨迹、出道途径、成功机遇、星途前景以及艺术追求、表演风格、诠释理念等方面一路排比下去，说不定会诞生一部《绝代双骄》之钢琴版。

古龙笔下的《绝代双骄》被再次拍成电视剧后，片名索性直接用了"双骄"的姓名——"小鱼儿与花无缺"。当我多日来酝酿着写一篇关于年轻的华人钢琴家郎朗和李云迪的文章时，取一个什么样的题目确实颇费踌躇，不能免俗的是，我始终认为"绝代双骄"是最贴切的名字，它整日萦绕在我的脑海，怎样努力都挥之不去。我是否也应该像王晶一样，为免俗而恶俗，放着"绝代双骄"现成的好名字不用，而俗不可耐地直接把两位主人公的名字提出来呢？我的灵感在于没有直接把文章的题目干脆叫做"郎朗和李云迪"，这样也许显得比王晶稍微高明一些吧？

写下这个题目之后，猛然想到郎朗和李云迪身上还真有那么一点小鱼儿和花无缺的影子，我指的是他们的秉性以及一部分表现在外的行为举止风格，与他们所做的事情或所从事的事业无关。我相信读过古龙这部名作并对两位钢琴家有一些了解的人此时一定会迫不及待地"对号入座"了。是的，毫无疑问郎朗是小鱼儿，李云迪是花无缺。郎朗的江湖生涯潇洒自在，如鱼得水；李云迪则处处谨慎自重，攀登之路仍然艰难。

如果从两人的成长轨迹、出道途径、成功机遇、星途前景以及艺术追求、表演风格、诠释理念等方面一路排比下去，说不定会诞生一部《绝代双骄》之钢琴版，欠缺的是我们现在还看不到两人之间的深厚情意和同命相连的血脉关系，当然它也不在我的这篇文章的讨论范围之内。

"上帝的宠儿"——小鱼儿——郎朗

"阿马迪乌斯"意为"上帝的宠儿",据说这是莫扎特自己为自己起的名字,我们可以把它理解成莫扎特的"笔名"或"艺名",因为是自己封的,就未必十分贴切,尽管好莱坞电影以此作为片名,但"宠儿"必然遭妒,所以不管是被投毒还是自患风湿性感冒,结局终究悲惨,简直是人间特大悲剧。现在我以"上帝的宠儿"来称谓郎朗,也仅是注视当下的眼光,他的来时路和归宿我都不予置评。看他的演奏或听他的录音,我不愿意去想他的学琴之路到底受了多少苦,更不愿意相信他是被他父亲残酷逼迫而终成大器的现实,就像我总是故意忘掉贝多芬所遭受的苦难一样,因为我从来都受不了音乐对苦难的传达,哪怕是纯粹概念上的都让我不舒服,它会毁了我聆赏音乐的乐趣。

我在郎朗很小的时候听过他的音乐会,印象不可谓不深,却无论如何都不可能预见他今天的造诣和声望。我曾经多次想做一番"郎朗现象"成因的深层思考,但这样的思考注定进行不下去。到了郎朗声望大振的2003/2004年度,我思考所得的唯一结论便是:郎朗是"上帝的宠儿"。不管有多少人对他颇有微词,我们都必须承认他是天才,是"超人",是上帝赐予中国人的厚礼,是日渐式微的古典音乐界应运而生的"还魂丹"。

我再次强调,我对郎朗的身世和成长道路没有兴趣,他令我刮目相看的不是他十年前的音乐会,也不是他在四五年前就在美国引起的轰动。我对郎朗发出由衷的惊叹来自我聆听他的第一张唱片,是 TELARC 唱片公司的录音。我至今仍对当时我激动喜悦的情形历历在目,郎朗把柴科夫斯基和拉赫马尼诺夫弹得那么浪漫怡然,那么轻松得意,那么热情爽朗,具有内在的张力和品味超然的感官享乐,这使我不由得想把他与风格接近的霍洛维茨加以比较。但是,最让我觉得不可思议的是他弹的海顿和勃拉姆斯,这哪里是一个十八岁的孩子弹出的境界,他的心理状态怎能如此沉稳内敛?他的诠释怎会如此成熟而耐人寻味?他是怎样把俄罗斯学派的句法与维也纳乐派的旨趣熔为一炉的?他在此时又颇具米凯朗杰利的模样,但模仿的痕迹几乎看不出来。

在听过郎朗的这张唱片之后不久,李云迪签约 DG 的第一张唱片出版了,我免不了要拿他与郎朗作比。我要说的实话是,相对郎朗的成熟与老到,或者说他在诠释像勃拉姆斯和《伊斯拉美》这样的高难曲目时所表现出来的自信和挥洒自如,李云迪在他最引以为傲并赖以成名的肖邦上,拘谨、稚嫩和学生腔是非常明显的。他的浪漫的诗意部分来自天性,但稍显做作的模仿痕迹也是掩饰不住的。当我们今天已经听到李云迪在 DG 录的第四张专辑时,再回过头来审视他的第一张唱片,必须承认他的进步速度惊人,而那第一张唱片除了在某些技术方面有过人之处外,基本属失败之作。

郎朗一举成名之后,被经纪公司当作霍洛维茨的接班人全力包装,所以他的第二张唱片便是霍洛维茨的独门绝作——拉赫马尼诺夫《第三钢琴协奏曲》,这又是一张将郎朗的优势长处发挥得淋漓尽致之作。郎朗不仅有十分灿烂辉煌的技巧,而且还表现出极其可贵的大局感(这在东方的音乐家中实属难得),他的力量分配、左右手虚实的配合、踏板的点睛作用,无不显示出他的拥有光辉前景的惊人潜质。此时,我们唯一着急的还并不是他未来会与多少指挥大师合作开音乐会,而是他什么时候和更好更大更著名的唱片公司签约的问题。

好消息很快传来,DG 唱片公司完全不顾战略平衡问题,在签下李云迪一年多并为他发行第二张唱片之后,再次签下另一位华人钢琴家郎朗,从这个决断可以看出,在对郎朗未来的信心方面,DG 的态度比任何人都坚决。

郎朗为 DG 录的第一张唱片是柴科夫斯基和门德尔松的第一钢琴协奏曲,为他伴奏的是巴伦波伊姆指挥的芝加哥交响乐团。且不说郎朗在演奏这两部协奏曲时的中规中矩的表现,仅从他与拥有当今乐坛教主地位的巴伦波伊姆合作一项,便开启了他日后的辉煌之门。

郎朗无疑属于悟性奇高的孩子,他得遇同样悟性奇高但学问素养早已在乐坛罕有对手的巴伦波伊姆是他人生道路的重大转折。巴伦波伊姆不仅仅给他上钢琴课,还会给予他所有钢琴之外与音乐相关的所有东西。来自巴伦波伊姆的赞许和批评胜过乐评家的千言万语,郎朗正是在与巴伦波伊姆的这次合作之后,开始向他钢琴艺术的巅峰状态攀越。后来的克利斯托夫·埃申巴赫、西蒙·拉特尔、洛林·马泽尔、瓦列里·格吉耶夫、科林·戴维斯这些当今乐坛炙手可热的大师们无不给予天才郎朗以循循善诱和开慧解悟,此时,作为"上帝的宠儿",郎朗得到了一切,他的技艺,他对音乐的理解,他的舞台魅力,他的受欢迎程度，呈直线上升，而且速度惊人，光芒耀眼。

从唱片角度审视郎朗，目前能够代表他最高演奏水准的是两张独奏，一个是2003年在纽约卡内基大厅的音乐会实况，CD和DVD同时发行，可以结合欣赏；一个是录于2005年8月的题为"回忆"的专辑，曲目已经扩张到李云迪的领域，不仅有李云迪在第一张唱片里弹的肖邦第三奏鸣曲，还有后者刚刚发行的莫扎特作品330。DG公司在自己的内部挑起华人之间的擂台赛，此举当非偶然。

如果说卡内基独奏会已经足以证明郎朗是一位我们时代的钢琴大师的话，那么新上市的这张汉堡弗利德里希·艾伯特大厅的录音则让我们再次欣喜地看到郎朗的艺术新境界。他的莫扎特作品330平淡如水，精巧雅致，出自天然的均值和逻辑的推演都达到相当高级的程度，这可能是我听到的郎朗最一尘不染的演奏。接下来的肖邦第三奏鸣曲，郎朗也弹得充满孤高的傲意，他最擅长的戏剧性在此得到刻意的控制，显出一丝隐忍和无奈的意趣，不能不说是一个颇有新意和独到追求的诠释版本。从郎朗弹奏的这两首曲子来看，郎朗超越自己的愿望十分强烈，他几乎将自己的火气和激情压制到最低，出于惯性和肆意的东西越来越少见，灿烂的技巧被藏在平静的表层下面。

郎朗现在是作为一位全能钢琴家在发展自己，但是我在听过他的所有唱片之后，对他弹奏的舒曼却产生浓厚的兴趣。对于郎朗的如火山爆发一样的演奏风格，也许只有舒曼才能将其恰到好处地抑制。首先，演奏舒曼需要一个精心的准备，即兴演奏或随机应变都不会奏出真正的舒曼，但舒曼作品中的多重性格和丰富多彩的情绪变化却对演奏者的瞬间灵敏反应是一个艰巨的考验。从卡内基大厅的《阿贝格变奏曲》到弗利德里希·艾伯特大厅的《童年情景》，郎朗呈现的是一个"反郎朗"的世界，沉吟而克制，深思熟虑，字斟句酌，暗藏将舒曼文本化与官方化的"野心"。特别是《童年情景》，那么清心寡欲地进入，又那么意犹未尽地离开，我连听数遍，都被带入其中不能自已，那结尾的余韵层层萦绕，杳杳不知所终。

从郎朗发行唱片的轨迹来看，他带来的总是越来越多的惊喜，我们有理由相信，郎朗的艺境无止境，他的辉煌也将无止境。

"时代的骄子"——花无缺——李云迪

李云迪也注定是属于我们时代的天之骄子。他靠连续两届没有第一名的肖邦比赛一战成名，为自己赢来了汉诺威音乐学院的学业和DG唱片公司的录音合同。据我所知，李云迪一直没有放松对自己的要求，他一向志存高远，努力刻苦，即使没有郎朗的客观挑战或威胁，李云迪也会终成大器，迈入当世钢琴大师的行列。

同样从唱片角度审视，李云迪的第一张唱片几乎可以忽略不提，因为他在第二张唱片里弹奏的李斯特水平一下子提高一大截，与第一张的肖邦简直不可同日而语。

李云迪也是悟性很高的人，他的悟性当中有一种不易察觉的矜持和主观，所以他对肖邦也好，李斯特也好，不大甘心悟得彻底，悟得淋漓尽致，这使得他的解读在稍有新意的同时，不免带有些许的青涩和彷徨。从聆听他早期的唱片感觉看，我更欣赏他的李斯特而非肖邦，我甚至以为他并非适合弹奏肖邦。而他弹奏的李斯特却可以做到绘声绘色，少有羁绊，是高难技巧和用心解读的完美结合。

2003/2004年度是李云迪相对沉寂的一年，郎朗正是在这一年度一飞冲天，从此发展的势头不可遏制，直到创下在今天看来令人难以置信的种种奇迹。2004年底，李云迪发行了他演奏生涯中注定十分重要的唱片——肖邦的四首谐谑曲和三首即兴曲。尽管他后来又先后发行了一张在巴登-巴等节日演出大厅的音乐会实况DVD和在维也纳金色大厅的音乐会实况CD，就音乐演绎的文献意义来看，这张柏林西门子录音室诞生的唱片都是李云迪迄今为止最重要的成就记录。

除了《叙事曲》之外，《谐谑曲》是肖邦最深刻最富戏剧性也最具史诗规模的作品，李云迪不仅构建了宏大的曲体结构，首尾连贯，一气呵成，而且丝毫不失细节描画，他把每个音都奏得那么清晰，那么生动，那么有质感。《第一谐谑曲》不仅层次分明，乐段之间的连接过度流畅自然，引人入胜，更重要的是，李云迪在这里的叙述已经带有旁观者的客观与漠然，优雅的触键产生的若即若离的弱音和意味深长的踏板运用，无不寓示着李云迪与前辈大师在心灵上的传承与感应。

相对于郎朗所崇拜的霍洛维茨，李云迪的偶像是波利尼、波戈莱利希和吉默尔曼，都是肖邦比赛的明星，都是DG的专属艺术家，而且每一张唱片都可圈可点，堪称权威名版。李云迪的志向是什么？就是要赶上他们，甚至超过他们。如果达不到这一目标，他的"肖邦冠军"就会贬值，DG签下他就是失败。

在将李云迪这张唱片和他的三位偶像对比的时候，我们不难发现他的模仿，但这种模仿已经与表层和具象无关，那是一种深层的主动靠拢，是灵魂沟通的渴望。在李云迪的弹奏中，我们可以感受到三位伟大钢琴家比较强烈的个人特征：波利尼的精致句法与锋利速率，波戈莱利希的妙曼沉吟和独有心得的自由速度，吉默尔曼的洒脱诗意与浓浓深情。如果说目前李云迪所表现出的这些大师特征尚处于拼贴阶段的话，那么我们对李云迪未来的要求就显得有些过高了——兼有容易，熔为一炉并融会贯通，这是一个多么高不可攀的境界，李云迪的路是不是还很长？

其实在欧洲，李云迪受欢迎的程度并不下于郎朗，在日本和我国香港可能犹有过之。劣势有时会转化为优势，李云迪的音乐会远少于郎朗，那么就意味着他的练琴和学习时间会更多。另外郎朗有那么多协奏曲音乐会，这似乎更能证明他的地位和价值，但恰恰他的协奏曲录音都反映不出他的真实水平。他一般的发片规律都是一张协奏曲一张独奏曲，那张柴科夫斯基和门德尔松的第一协奏曲就不如卡内基大厅的音乐会精彩，而今年与格吉耶夫合作的拉赫马尼诺夫无论从整体诠释和艺术境界上都难与刚刚问世的《回忆》专辑等量齐观。李云迪问世的四张唱片都是独奏曲，可以看出他的艺术进境的清楚轨迹，这同样是一条速度很快的上升线路。

在与唱片公司的合作关系方面，我的意见是郎朗尽可能多做现场录音，李云迪则适合录音室录音，我们需要的是鲜活而生动的郎朗和冷峻而雅致的李云迪。小鱼儿就是小鱼儿，花无缺就是花无缺，这是命里注定的，恐怕真的不大好改变了。

古典音乐的"还魂丹"

我由衷感喟的是,这么年轻的卡皮松何以能达到与这部枝繁叶茂又被重重缠裹的复杂作品心意相通、身剑合一的境界。

据国内出版的有关音乐的报刊说，法国年轻的小提琴家雷诺·卡皮松如今被称为古典音乐唱片业的"还魂丹"。我不知道这样的称谓具体指的是哪一方面，目前他只在 EMI 发行过两张唱片，一张是与阿格丽希、麦斯基合作的贝多芬 C 大调三重奏协奏曲，一张是现在我们介绍的个人专辑，是以 EMI 的旗下厂牌 VIRGIN 名义出的。难道是这张唱片创下了销售业绩，还是他在签约 EMI 之前已经出版过个人专辑？或者是他的音乐会很受欢迎，以至于喜爱他的人对他还未录制的唱片已经翘首以待了？

卡皮松的艺术道路既顺利又平凡，因为与小提琴"教父"伊萨克·斯特恩的师生关系而一路坦途。他的转折点应该是受到克劳迪奥·阿巴多的赏识，把他擢升为马勒室内乐团的首席，后来又给了他许多独奏的机会。与大多数独奏家不同，卡皮松一直很留恋自己的乐队演奏家的身份。他在作为独奏家一鸣惊人之后，不仅仍然担任马勒室内乐团的首席，还加入了阿巴多创办的琉森音乐节乐团，而且在第一小提琴声部里谱台位置很靠后。

我在去年的北京国际音乐节上现场听过卡皮松的演奏，当时他拉的是法国作曲家亨利·蒂迪耶的《梦之树》，技巧表现相当惊人，但这已经不很重要，我由衷感喟的是，这么年轻的卡皮松何以能达到与这部枝繁叶茂又被重重缠裹的复杂作品心意相通、身剑合一的境界。卡皮松曾师从晚年的斯特恩，也许在演奏该协奏曲时得到乃师的私房指点，不过这同样不重要。我相信在对该作品的理解及阐释方面，卡皮松开创的是一个完全不同于斯特恩的全新局面。这种充满现代感的对音乐抽丝剥茧般的深入解读，只能诞生于一个崭新的时代。它脱离了法国音乐的范畴，使音乐的精神向音乐的本源无限靠拢，人文情怀向极端的技法妥协。

后来我听了卡皮松与阿格丽希、麦斯基合作的贝多芬三重协奏曲，便强烈感受到他的气质飘游在两位前辈之上，那是一种清新的、无欲无求的纯洁，一种天然的傲慢和不妥协，几乎与浪漫主义风格无缘，甚至说是完全绝缘。这种感受在听现在介绍的这张唱片时再次得到验证，因为门德尔松和舒曼所要求的通常都是浪漫主义的诠释手法，但是我第一次听到了一种也许可称之为"空洞"的反浪漫主义演奏。没有情感宣泄，没有诗情画意的描写，也没有幻想和憧憬。一切的美感均表现在结构与形式上，在有关协奏曲的所有技术层面上都达到完美无缺，独奏随心所欲，乐队协奏相得益彰。新任音乐总监丹尼尔·哈丁与卡皮松年龄相仿，长期合作，最主要的是他们在艺术观念上惊人一致，正是代表了"新世纪"一代对古典音乐的崭新理解，此乃他们赖以超越前人的法宝。

卡皮松演奏的门德尔松音色极为优美纯净，清心寡欲似不食人间烟火，是真正的天外来音。难得卡皮松小小年龄就能不动声色地将小提琴之美及弦乐之美表现得这么客观，这么素雅，这么外松内紧。是他本来就没心没肺，不懂得去如何抒发感情？还是他故意扬长避短，以一种新的诠释理念来讨巧，既展示他过人的技术以及他对纯音乐的理解，又回避了涉世未深，情感内涵不足的缺陷？不管他的初衷如何，进到我们耳朵里的却是一次全新的门德尔松，也许就是一次未加任何调味品的门德尔松。思考一下门德尔松的身世及创作背景，或许这就是一个本真的门德尔松，一个将弦乐美感发挥到极至的门德尔松，既冷静理智，又雍容华贵，沉稳大方。

相对于门德尔松的耳熟能详，舒曼的小提琴协奏曲因为参照物较少而不那么具备可比性。这部舒曼的遗作在主题与乐思上多有彷徨迟疑，结构上也比较凌乱，特别是感情抒发方面既夸张又不真实。这些原作上的缺陷如果在一位平庸的演奏者那里，有可能出现滞涩和枯燥，或者是做出不得要领的抒情。但是恰好，卡皮松的轻松自如和不动声色能够消解舒曼的内在的不和谐。在哈丁的织体精当的乐队伴奏下，卡皮松的琴声每一次进入都令人充满期待，它是那么自然地流淌，装饰音如璀璨的珠玉般乐观地闪烁，泛音如水气弥漫，氤氲缥缈。原本不平衡的结构因为有大量美丽的片断连缀，使你在光怪陆离中暂时不去考虑布局方面的分配，眼前触手可及的美好就是一切，这正是舒曼经常于幻觉中灵光一现的真实观感，他捕捉到了，把它变做音符。如今，这种灵感同样也被卡皮松和哈丁两位年轻人捕捉到了，他们怀着向先贤的致敬之意，把它虔诚地、本真地呈现出来。表面上是一次客观的解读，实质上却充满了现代性，是代表了20世纪的一种新成就，新方向。如果说对音乐的"二度创作"还在继续发展的话，那么，像卡皮松和哈丁这样的年轻人已经做到了另辟蹊径。从这个意义上说，他们真的是古典音乐演奏事业的"还魂丹"。至于他们的艺术将来主要靠什么载体来传播，是另外需要讨论的问题，唱片不再是唯一，所以，它也不需要什么"还魂丹"，即使有，也无用。

来自南美的音乐精灵

  他们也用了"神灵附体"的比喻,以为杜达梅尔用强大的"气场"控制了乐队和音乐会听众,交响音乐会不知怎么就变成了"带功讲座",这是只有中国人才能想出的比喻,却是非常贴切。

当2006年DG唱片公司推出一位在我们看来名不见经传的年仅二十五岁的指挥家时，委内瑞拉的毛头小子古斯塔沃·杜达梅尔早已成了欧美乐坛的抢手货。一位足可称为"指挥天才"的横空出世，其"来历不明"的轰动甚至超过传说有"神灵附体"的墨西哥男高音罗兰多·比亚宗。

没有亲历杜达梅尔现场音乐会的人大概是无权评价他的。我只是出于好奇找来DG给他录的第一张唱片——贝多芬的第五和第七交响曲，并没有觉得他就可以轻易驾驭了这两首交响曲"圣经"般的作品，他在第五交响曲第一乐章的展开部和结尾处甚至出现节奏失控的现象。"天才"自然要有野心，杜达梅尔的野心是要成就一个属于他自己的"命运"，他把第二乐章的行板拉抻成缓慢的"葬礼进行曲"，对第四乐章结尾的处理更是彻底地展开，以至于收拢起来都相当费劲。这是我对他的第一张唱片的看法，但是这种看法总是被传自海外的各种各样对杜达梅尔音乐会"一边倒"的赞语所动摇。由此看来，我亦属"无权评价"之人。

我有两个朋友先后在以色列和意大利见识过杜达梅尔，他们在演出之前还对这个陌生的名字浑然不觉，但在音乐会进行过程中实实在在地为杜达梅尔癫狂了。他们也用了"神灵附体"的比喻，以为杜达梅尔用强大的"气场"控制了乐队和音乐会听众，交响音乐会不知怎么就变成了"带功讲座"，这是只有中国人才能想出的比喻，却是非常贴切。

因为不能亲眼所见，总也无法想象台下的听（观）众属于何种群体，为何能在聆赏贝多芬或马勒或巴托克时陷入被摄魂般的迷醉,当年的列奥纳德·伯恩斯坦即便在指挥台上醉醺醺地蹦跳也没有做到这一点啊!且慢,让我们听听美国乐评家的畅想:自从1958年伯恩斯坦高调履新纽约爱乐乐团以后,音乐的公众想象再也没有回到如此高级的水平!

把杜达梅尔和伯恩斯坦联系起来确实是一种奇想,于是,包括纽约爱乐乐团、费城乐团、芝加哥交响乐团都纷纷加入"猎取"杜达梅尔的行列,但是它们不幸都完败给了洛杉矶爱乐乐团。据该乐团华裔小提琴家薛苏里先生介绍,女团长把杜达梅尔请到洛杉矶爱乐乐团做客席指挥之后,就一路形影不离地紧蹑杜达梅尔在美国巡演的脚步,当连续不断的轰动被一场场音乐会制造出来时,各路大鱼先后上钩,千钧一发之际,女团长把音乐总监的合同摆在杜达梅尔面前,使信守言诺的年轻人乖乖就范。毕竟洛杉矶爱乐乐团曾经是朱利尼、梅塔放射光芒的神殿,现任总监芬兰人萨洛宁又把它塑造成最佳"音色王国"。能够做萨洛宁的继任者是需要萨洛宁的首肯的,这种首肯甚至要早于"洛杉矶国王"的禅位大典——同样是萨洛宁的乐团,瑞典戈德堡交响乐团已经在2007年将首席指挥的权杖交给杜达梅尔,而该乐团的音乐总监正是萨洛宁。

我大概不再有任何疑问了,杜达梅尔似乎已经被所有人接受了,连祖宾·梅塔都力邀他来做以色列爱乐乐团的首席客座指挥,因为乐团董事会曾一致通过聘请杜达梅尔为乐团历史上最年轻的首席指挥,可惜名花有主,再难如愿。

薛苏里先生和杜达梅尔有过合作,他认为杜达梅尔就是一个"音乐精灵",属于无师自通的"天才"。他说杜达梅尔的指挥动作都是自创的,完全没有成规,音乐与他的身心融为一体,是典型"血液里全是音乐"的一类人,这类人也许从未存在过,而如今活生生的杜达梅尔就在眼前,不由众人皆叹为观止。

我还是只能通过唱片来接触杜达梅尔,目前 DG 发行的三张唱片都是指挥委内瑞拉西蒙·玻利瓦尔青年乐团,除前面提到的贝多芬外,第二张是马勒第五交响曲,第三张是拉丁美洲作曲家的作品。和杜达梅尔的灿烂光华相匹配,委内瑞拉的这支青年乐团素质之强、水准之高也令人大跌眼镜!这同样是一群在音乐中癫狂迷醉的孩子,他们在贝多芬那里尚还中规中矩,到了马勒的世界便已经神经兮兮,而在墨西哥、阿根廷和委内瑞拉当代作曲家的狂欢节一般的音乐里,孩子们甚至都不肯坐着演奏了。超大编制的乐队爆发出生机勃勃的激情,交响乐队里从未发生过如此热闹的欢腾!

不过我还是想单独谈谈杜达梅尔的马勒,这是体现他真正功力的胜场。青年音乐家的热情总是能够被马勒的音乐唤起,以马勒的第一、四、五交响曲训练青年乐团,可以起到事半功倍的作用。杜达梅尔和他的青年亲兵显然与马勒交响曲有不可解的缘分,而他们的表现之佳足以令人惊诧。他们的整体状态稳健成熟,细部处理游刃有余,不仅在挣扎的嘶吼中保持源源不绝的能量,而且音色控制十分考究老到。这张唱片完全让我对委内瑞拉这个南美小国的音乐现状刮目相看,我几乎可以把这种表现称之为"奇迹"!DG 的制作人和录音师为这个现场录音提供了临场感极强的音响效果,所有声部都结像完整,聚焦清晰,音色圆润剔透,俗话说,可做示范测音碟使用!

"节日乐团"传统的伟大代表

想想BFO那些杰出的年轻人和曾经年轻过而如今仍永葆艺术青春的杰出音乐家吧,想想他们视音乐如生命,至今仍顽强抵御商业化侵蚀的艺术家的良心吧,想想伊凡·菲舍尔对音乐的一往情深以及独有的音乐霸气,这一切不都是我们今天越来越稀缺的宝贵特质吗?

伊凡·菲舍尔即将率领布达佩斯节日乐团（简称BFO）踏上第二次访华之旅，这也许是本年度最后一个能够吊起乐迷胃口的乐讯了。与将近十年前的首次访华相比，这次的BFO是带着浓重的CHANNEL品牌印记而来，不仅请出了该厂牌旗下两大明星之一德扬·拉奇克担纲重量级的勃拉姆斯D小调第一钢琴协奏曲，还将唯一一位曾经在CHANNEL录过唱片的中国小提琴家宁峰召来助兴. 两场音乐会两套曲目，从艺术策划的角度来看，无疑是一次独具创意的奢华盛宴。看来，国家大剧院的音乐会计划制订已经是越来越靠谱了。说到靠谱，还包括曲目的安排，虽然特别新鲜的东西尚不多见，但至少大路货越来越少，能够彰显乐团特性的作品开始占据主导地位。

我虽然很不愿意拿英国《留声机》杂志在两年前评选的全球"十大乐团"说事儿，但BFO能够名列其中至少对那些老牌传统乐团是一个不小的冲击。其实在我心目中，当菲舍尔指挥的BFO在演奏马勒交响曲时，它就是最好的马勒乐团，整体实力绝不在维也纳爱乐乐团和阿姆斯特丹音乐厅乐团之下，或许在音乐的感人肺腑方面犹有过之；在演奏贝多芬交响曲时，它就是最好的贝多芬乐团，就算柏林爱乐乐团都做不到它那么鲜活的音质和准确的织体，当然还有那春天盛开的花朵一般的灿烂芬芳。聆听BFO的贝多芬，真的就能嗅到令人愉悦欣喜的花香。再比如德沃夏克的交响曲，BFO的录音版本后来居上，几乎可作首选收藏，说它是最好的德沃夏克乐团恐亦不为过。当然，BFO首先是世界上最好的巴托克乐团，它演奏同胞的作品可谓传神，技术上精确到刺激感官的程度，扑面而来的民族风情气息足以陶醉所有的人。当他们在演奏巴托克晚期作品时，对现代性乐句和织体的把握简直令人拍案叫绝。这次在国家大剧院的第二套曲目里有巴托克的代表作《管弦乐队协奏曲》和《罗马尼亚舞曲》，让我们有机会再次现场见证BFO的真实魅力。

当我多次为BFO演奏的贝多芬和马勒而激情澎湃之时，心中已经产生对它演奏舒伯特交响曲的期待，这种期待不日即化为现实，正是作为浪漫主义交响乐扛鼎之作的C大调"伟大"交响曲。想想BFO那些杰出的年轻人和曾经年轻过而如今仍永葆艺术青春的杰出音乐家吧，想想他们视音乐如生命，至今仍顽强抵御商业化侵蚀的艺术家的良心吧，想想伊凡·菲舍尔对音乐的一往情深以及独有的音乐霸气，这一切不都是我们今天越来越稀缺的宝贵特质吗？

不能不提到天才的德扬·拉奇克，他是我迄今为止最眼见为实的真正的音乐天才。在钢琴这门他所掌握的众多技艺之一上，他总是令我惊喜，令我兴奋，无论是舒伯特、贝多芬，还是拉赫马尼诺夫或巴托克，当然还有他情有独钟的勃拉姆斯——他甚至是当今研究勃拉姆斯的权威学者，还改编过勃拉姆斯的小提琴协奏曲为钢琴协奏曲。对拉奇克的评价从来都被西方资深评论家视为畏途，因为他音乐的天然性，似乎目光局限于哪一个方面都不足以说明拉奇克的天才价值。

因为和CHANNEL唱片的老板加雷德·萨克斯的朋友关系，我总能很快地听到菲舍尔和拉奇克的最新录音，几乎每一次和萨克斯见面，他都会自豪地和我说：我们有三位世界上最好的音乐家——另一位是维斯佩威，他们都是"真正的"艺术家，我为他们的每一次录音都是我职业生涯最感动的时刻，越是和他们合作，我越是感谢上帝让我从事这一幸福的职业。

萨克斯所说的三位"真正的"艺术家，前两位已经是第 N 次来中国了，可是大提琴家彼得·维斯佩威至今还未能在中国内地现身。

华沙爱乐：不仅仅是肖邦

华沙爱乐的肖邦一定是曾经沧海的肖邦，它可以适应每一位肖邦钢琴家的协奏曲解读趣味，也可以按照自己的既成规则引导钢琴家落入彀中。

无论是华沙爱乐，还是安东尼·维特大师，他们的组合代表的是音乐的许多可能性，而不仅仅是肖邦的"专属"，尽管他们肯定是最可信赖的肖邦诠释者，只是诠释的曲目基本上只有两首——E小调第一钢琴协奏曲和升F小调第二钢琴协奏曲。不过可以肯定，他们一定是世界上演出这两首作品最多的指挥家和乐团。

即将于1月底在国家大剧院献演的音乐会将"肖邦年"延续到了农历的年度范畴，这使本来就和中国有无穷纠结的肖邦更增添中国气象，而一处国家级的演出场所在不到两个月内接纳一位异域钢琴家连开两次音乐会也算创下一个记录。

是的，这场音乐会的主角及票房号召肯定是新鲜出炉的"肖邦冠军"尤莉亚娜·阿芙蒂耶娃，她刚刚在国家大剧院为"肖邦年"降下帷幕，结果在春节来临前她又卷土重来，而且"不再是一个人在战斗"，她要继续将蟾宫折桂的决赛曲目展示给中国人看，告诉我们到底什么是肖邦。在没有聆听这场音乐会之前，我们真的对什么是肖邦找不到一点答案，因为每一个答案都那么轻易地被取代、被否决。那么尤莉亚娜·阿芙蒂耶娃的肖邦是什么？仅仅是她采用的谱本更来历清晰，更权威可信吗？关于阿芙蒂耶娃的表现，从比赛期间YouTube上的反应看就一直呈现两种极端，这从音乐诠释学的角度看是好事，是关于肖邦无限可能性的进一步延伸。

我同时也相信，"肖邦冠军"头衔的获得只是一次开始，接下来她便有资格自成一家地去做属于自己的肖邦学问，这才是获颁"肖邦护照"的真正意义所在。

华沙爱乐的肖邦一定是曾经沧海的肖邦，它可以适应每一位肖邦钢琴家的协奏曲解读趣味,也可以按照自己的既成规则引导钢琴家落入彀中。华沙爱乐有这般能量,安东尼·维特也有这样的修为。

在肖邦之外,我的惊喜还来自波兰真正的民族乐派作曲家曼纽什科的交响诗《童话》,有来自波兰的乐团呈现纯波兰的音乐该是多么令人抓狂!又是一次"初体验",而且绝不会令人失望。

听不到维特和华沙爱乐的西曼诺夫斯基、潘德雷茨基和刚刚去世的古雷基都是遗憾中的遗憾,这些音乐被他们演奏出来方显正宗,即便是安东尼·维特最拿手的马勒,我们听到的也将是非同凡响的声音。可惜我们在北京只能退而求其次地欣赏我们已经欣赏过无数种样貌的柴科夫斯基的第五交响曲。只是平心而论我还想不出华沙爱乐的柴科夫斯基会是什么风格?是浪漫主义的浓浓诗意?还是现代性的条分缕析,将悲伤渗入骨髓?

2000年我听过维特的前任科德指挥华沙爱乐在世纪剧院的音乐会,记得他们除了肖邦第一协奏曲之外演的正是古雷基的第三"悲歌"交响曲。我在写这篇推介文字的时候,一直在聆听同样是科德指挥的肖邦的两首钢琴协奏曲,钢琴独奏是加里克·奥尔逊。所有这些经验似乎都不能判断维特、华沙爱乐、柴科夫斯基的组合到底是怎样的走向,因为维特和科德的口味太不相同了。

说到这里还想提一下已故考古学家俞伟超先生十年前在世纪剧院的动人情景,见多识广的他虽然酷爱肖邦,但是他在听古雷基的时候竟在观众席上痛哭失声,他说从来没听过如此令人痛彻心肺的弦乐。事后他还一直念念不忘这个乐团的声音,他用了"杀人"这般极端的形容。

怎样欣赏"世界最好的"青年乐团

  观摩卡姆的排练,经常为各声部的独立演奏及最后合成所呈现的奇异效果而激动不已,卡姆胸有沟壑,以大博小,举重若轻,不动声色便展示出身后的底蕴与非凡的功力。

谁是世界最好的青年交响乐团？这个问题不能用谁"最知名"来回答。同样性质的交响乐团在欧洲有"欧洲室内乐团"、"马勒室内乐团"和"马勒青年乐团"，在南美洲有"委内瑞拉西蒙·玻利瓦尔青年交响乐团"，在欧亚之间有"西东合集交响乐团"等等。

亚洲的青年乐团以前是各自为战的，日本有，韩国有，中国也有。当然，运作水平比较高的肯定是日本和韩国，因为人家有小泽征尔和郑明勋这样的世界顶级大师作号召，报名的人多，演出也受追捧。观众不仅要看指挥大师，也要看指挥大师点石成金的效果。

正像亚洲足球常常靠青年队甚至少年队在国际赛事上挣回颜面一样，亚洲的古典音乐也全靠青少年撑起半边天。论基本功和技术指标，亚洲的学生常常令西方音乐家特别是教育家艳羡不已。作为正在成长的个体，他们可以说非常棒，但无论是作为乐手还是独奏者，他们公开演奏的机会却很少。小提琴家和指挥家约胡迪·梅纽因当年和美国著名音乐教育家庞信共同创办亚洲青年乐团，正是基于这样的出发点——给亚洲富于才华的青年音乐家一个机会，一个可以受训、交流、协作、表演的机会。

曾经担任亚洲青年乐团指挥的最了不起的人物是科密绍纳和卡姆，他们虽然不是如雷贯耳的明星，却都具备化腐朽为神奇的魔力，我认为正是他们让这个青年乐团每个年度的亮相都有着脱胎换骨般的惊人表现。现在科密绍纳已经永远离开了他曾经循循善诱的孩子，不过近两年由于奥科·卡姆的存在，乐团实力有明显的上升势头，去年排演的马勒第四交响曲代表着乐团诞生以来的最高水准。

卡姆能够激发乐手的热情与创造力，对音乐的理解也突然上了层次。观摩卡姆的排练，经常为各声部的独立演奏及最后合成所呈现的奇异效果而激动不已，卡姆胸有沟壑，以大博小，举重若轻，不动声色便展示出身后的底蕴与非凡的功力。仅从技术与音乐处理而言，卡姆恐怕不输于目前健在的任何一位指挥家。差距只在乐团，这是没有办法的事情。但另外的收获便是现场聆听到一个你并不看好的乐团发出意想不到的声音时，你能不为那位穿着朴实并有着农民般憨厚气质的弓背老头感慨吗？以我现场听到的卡姆指挥亚洲青年乐团演奏的马勒第四交响曲为例，第一乐章的两个主题先后呈现之后，我竟有胸中块垒顿除的感觉。好不容易憋到乐章结束，便迫不及待地向同来的朋友连声赞叹：点石成金！点石成金！

亚洲青年乐团固然在个人技术方面各有长处，但短时间内将他们捏合在一起，非有超常规手段而不能为之。我在前几年听过几次亚洲青年乐团的演出，感觉像模像样的只有科密绍纳指挥的那场，如今斯人已逝，偏偏在卡姆的身上又见到他的影子。如果说科密绍纳的风格在于细节的雕琢和音乐织体方面的准确，那么卡姆统领的年轻人在音乐结构上更加大气，更加顺畅。卡姆为乐团带来恰如其分的激情，他使年轻乐手沉浸在音乐的深层意象中，使孩子们萌生了创作音乐的冲动。说句并不夸张的话，我听过近十场马勒第四交响曲的演出，这是最令我着迷并深受启发的一场演奏。相比海丁克指挥阿姆斯特丹音乐厅乐团在维也纳金色大厅的辉煌演出,卡姆指挥亚洲青年乐团的人性因素更为充分,一个健康美丽的童话传递出的是具有审美价值的忧伤,是少年不知愁滋味的真实感动。卡姆在马勒演绎方面的造诣,使我相信他具有和马勒一样的内心世界,只是外表与内心反差太大了。

8月16日即将在中山音乐堂呈现的演出同样令人满怀期待。勃拉姆斯的C小调第一交响曲的第一和第四乐章需要乐手具备充沛的能量与动力感,而第二、三乐章细腻缥缈的意境更多考验的是指挥家的布局与控制力。对这部规模宏大的作品来说,没有演不好的乐团,只有演不好的指挥。如果遇到不自量力、捉襟见肘的指挥,无论是乐手还是观众,都要备受折磨。但是毫无疑问,仅凭奥科·卡姆的名字已经为这场音乐会上了保险,作为四十年前名声即在小泽征尔之上的指挥天才,卡姆代表的是正在失去或已经失去的音乐传统,他在诠释贝多芬、勃拉姆斯、西贝柳斯、马勒、布鲁克纳等人作品的功力绝对是当世少见的。

指挥8月17日音乐会的庞信同样值得尊敬。一个富有的美国老人将后半生献身于亚洲音乐教育事业,还有他对音乐的巨大热情,对年轻人是财富,是动力,也可以是稳定剂。庞信指挥的作品都是最能表现交响乐队的配器、和声与色彩的名曲,杜卡的《魔法师的徒弟》由引子、谐谑曲和尾声构成,主题发展技巧精致而彻底,管弦乐色彩新奇而丰富,是最引人入胜的交响音画之一。由拉威尔配器的穆索尔斯基《展览会上的图画》同样音画交融,几乎每一个乐器声部都有单独表现的机会,是训练大编制交响乐队的示范性作品。

如果把这场音乐会当作乐团一个训练期过后的检验,那么里姆斯基-科萨柯夫的《天方夜谭》就是一道分数比例过半的大考题。这是交响乐进入现代主义之前的管弦乐配器法所能达到的极致,是既能感人肺腑又可掀翻屋顶的交响盛宴。身为乐手,一生中能够坐在演奏《天方夜谭》的乐队里,在或委婉、或轰鸣、或喃喃私语、或巨浪滔天的音响中贡献属于自己声部的力量,这是多么神奇的体验!又是多么难忘的幸福!

在上海享受"布拉格之春"

我难以想象这部伟大的音乐史诗如果离开了捷克爱乐乐团的诠释,它所蕴含的意义与分量会减轻几许?

将近一个世纪以来，捷克爱乐乐团都是整个斯拉夫地区最好的乐团之一，它既有波希米亚民族的根基，又兼备德奥乐队的高素质，就是在战后冷战期间，该乐团演奏的贝多芬、布鲁克纳、勃拉姆斯和马勒交响乐也赢得西方同行的敬重。对我来说，捷克爱乐乐团在任何时候都要比黄金年代的列宁格勒（圣彼得堡）爱乐乐团及莫斯科爱乐乐团音乐更感人、音响更迷人，是我最钟爱的乐团之一。

我爱捷克爱乐乐团与它的历届首席指挥分不开。从塔里希到安采尔，从库贝利克到诺伊曼，再从阿什肯纳吉到如今的马卡尔，每个人的时代都有独特的声音，特别是在演奏捷克音乐方面，不仅保持当世独一无二的"捷克爱乐之声"，同时也使这种声音千姿百态，日新月异。

捷克音乐之父斯梅塔纳的交响套曲《我的祖国》是考较这种声音的试金石，不仅每位捷克爱乐乐团的首席指挥必须留下一个甚至数个经典录音，而且作为捷克最盛大的音乐节"布拉格之春"的开幕曲目，接受到场或收看转播观众的激情膜拜。

如今，即将到来的11月，上海的音乐会听众非常幸运地可以现场感受捷克爱乐乐团与《我的祖国》的"天作之合"。我曾经聆听过十余种捷克爱乐乐团演奏《我的祖国》的录音，也现场看过阿什肯纳吉指挥的演奏。我难以想象这部伟大的音乐史诗如果离开了捷克爱乐乐团的诠释，它所蕴含的意义与分量会减轻几许？因为就算是并不十分著名的贝洛拉维克和科斯勒来指挥这个乐团演奏这部作品，都能揭示呈现波希米亚山山水水那雄健、柔媚、深邃、宽广的场面与气度。既光亮如丝又弹性错切的弦乐，甘美恬静的木管，幽静辽远的圆号，壮丽豪迈的小号，还有如微风在草原轻拂般的竖琴，所有你能想象的迷人声部都比你所期待的更胜几倍；当你身临其境的时候，便能够理解为何在每届"布拉格之春"的开幕演出上，听众都像参与一项重大仪式那么虔诚肃穆，那么激情澎湃，那么心醉神迷！

捷克爱乐乐团在上海呈献的第二套音乐会曲目同样是该乐团傲视国际乐坛的胜场，德沃夏克的大提琴协奏曲和第九交响曲在捷克音乐史和民族乐派史上具有与《我的祖国》三足鼎立的地位，相信在有着美国文化背景的泽登内克·马卡尔和王健的联手演绎下，会呈现出全新的境界。王健无疑是当今世上演奏这首最著名的大提琴协奏曲最具心得的音乐家，但是我从未听过他与一个好乐团合作的现场和录音，这是极大的浪费！以往我曾听过蹩脚的中国音乐家与布拉格交响乐团的合作，常引为缺憾，而我却对王健与捷克爱乐的合作抱有兴奋的期盼，这是一次"天作之合"。

出生于捷克的指挥家马卡尔在美国名扬天下，他给名不见经传的新泽西交响乐团带来活力，带来关注，带来艺术和商业上的全面成功。他一个人的成就竟然使爱乐者在收藏他的唱片时不去考虑交响乐团的名气。早在阿什肯纳吉尚未离任的时候，捷克爱乐乐团就已经翘首以待他阔别祖国二十八年后的回归。马卡尔率领他的故乡乐团的欧美巡演就像演绎一个系列传奇，举凡捷克音乐、苏俄音乐、德奥音乐甚至美国音乐，他都和乐团制造了一个又一个沸点，一个又一个令西方乐评家神魂颠倒、口不择言的惊叹与赞美。

马卡尔是一位功力深厚的唯美派指挥家,也是一位充满探索精神、追求崭新观念的开放式艺术家,他既努力使捷克爱乐乐团的音色更具魅惑性,又引入堪称音响暴力的大动态和钢铁金属般的结构。与前任相比,他的音色更透明精致,音乐的结构与逻辑性更强,音乐向前的目标更明确,在这些特征中,斯梅塔纳和德沃夏克的音乐也许少了一些动人的因素,但就音乐本身而言,旨趣清晰了,素质提高了,这是高境界的"与时俱进",是具有相当现代性的音乐品味。对于耳熟能详的"通俗经典",我们需要马卡尔的音乐观,对于早已听腻了"自新大陆"的资深乐迷来说,马卡尔会告诉你"经典为什么是经典"的道理。

曲目"错位"的新年音乐会

梅塔的辉煌与大动态是预料之中,而擅长解读现代音乐的施坦茨却会给我们带来"不一样"的"尼采之声"。

上海的两台"新年音乐会"堪称国际顶尖水平,这是就指挥家和交响乐团而言。"新年音乐会"在中国已逐渐走出"维也纳模式",被妖魔化的危险基本解除,这是好事。对于热爱音乐或有机会聆听现场音乐会的人来说,以新年万象更始的心情走进音乐世界,具有一定深度的曲目大概更值得珍视甚至追捧。

维也纳爱乐新年音乐会的象征人物之一祖宾·梅塔和他最驾轻就熟、得心应手的乐团——以色列爱乐乐团曾在北京举办过三场"新年音乐会",这次兼顾京沪两地,排出的曲目竟是大大加量的严肃音乐会内容——威伯的歌剧《奥伯龙》序曲,理查·施特劳斯的交响诗《查拉图斯特拉如是说》和柴科夫斯基的第五交响曲。后两部史诗般宏篇巨作都是标准的"下半场"曲目,现在放到一场音乐会中,大概只有"逢年过节"才会有如此"饕餮"的大餐吧?

《奥伯龙》序曲是我最喜欢的"威伯序曲",甚至超过喜欢《自由射手》。威伯的歌剧现在已经很难吸引听者集中注意力,但他的序曲却偏偏可听性极强,特别是《奥伯龙》,几个性格与色彩鲜明的主题总是在期待中相继登场,令人喜笑颜开,心情舒畅。这是既有一定场景内容又带有德国精神性的音乐,却完全以轻松宜人的状貌呈现,深得莎剧寓意教化功能的精髓。

梅塔从来都是理查·施特劳斯宏大华美的交响乐作品的理想代言人,他的《查拉图斯特拉如是说》的录音制品长销不衰,可入传奇版本之列,能够现场感受梅塔统率驾驭大型乐队制造恢宏音响的奇观,实在是生活在这个时代的一大享受,即便是伟大的乔治·索尔蒂复活,恐怕在这个曲目的场面上也要输给梅塔少许。

柴科夫斯基的第五交响曲至少比更著名的第六"悲怆"在结构上更完整，听起来更是提气，特别是终乐章的排山倒海之势曾经是考较大编制乐队音量和录音声压的"试金石"，在情绪上倒是甚为符合"新年"的时段，即使比较悲伤的第二乐章，如果把它当作一首曲调优美的俄罗斯民歌来领会，也可以使心情明亮起来。还有那首斯拉夫式的圆舞曲，都一定要相信梅塔能够把它们奏得眉飞色舞，充满喜庆。

虽然我个人更希望参与到马库斯·施坦茨指挥科隆爱乐乐团的"新年音乐会"当中，但是我却不希望听一些不痛不痒的"节庆小品"，同时根据我对施坦茨指挥风格的了解，与其听他的勃拉姆斯D大调第二交响曲，不如让他和梅塔调换一下曲目，指挥一次《查拉图斯特拉如是说》。梅塔的辉煌与大动态是预料之中，而擅长解读现代音乐的施坦茨却会给我们带来"不一样"的"尼采之声"。当然，有一部斯特拉文斯基的《火鸟》已足以展现施坦茨和他五六年训练下的老牌德国乐团的"新"声音，只是对于指挥和乐团本身目前所具水准来看，《火鸟》实在又太中规中矩了。这部一百年前的作品既考指挥和乐队的功力，又很容易取巧讨好，想达到现场演奏效果的较高境界却并不容易。科隆一向有演奏俄罗斯现当代音乐的传统，相信施坦茨同样会交出一个非同凡响的独特版本。

科隆的乐团其实也有演奏勃拉姆斯的传统，不论是西部德国广播乐团，还是居尔泽尼希爱乐乐团，都曾经有过载入史册的勃拉姆斯交响曲现场录音和唱片。科隆是不因循守旧的德国大都市，科隆的贝多芬和舒曼，勃拉姆斯和布鲁克纳，甚至科隆的马勒和肖斯塔科维奇，总是有令人耳目一新之感。前不久我在北京听了距科隆不远同属莱茵河岸畔的杜伊斯堡爱乐乐团演奏的勃拉姆斯D大调第二交响曲，我的惊喜是始料未及的。纯正而新奇的风格恰如其分地将传统向前做了一次有机的推进，那远近相宜的场景，交相呼应的问答，是否只有在莱茵河的背景下才能如诗如画地呈现呢？当科隆的落日在水面已经非常宽阔的莱茵河上渐渐藏身于巍峨的大教堂剪影之后时，苍穹传出的正是第二乐章的"目送归鸿"。

辉煌浩瀚的开幕盛典

这是一部真正意义的古典主义和民族主义的正歌剧,也称得上是"大歌剧"。既有正统厚重的大主题,又有涉及世界历史发展进程的背景,同时兼有东西方文化风貌,放在世界歌剧之林都有一枝独秀的魅力。

以歌剧院为主体的国家大剧院应当以一部大制作歌剧"开幕",大概是争议很少的"共识"。但由哪一家歌剧院和哪一部歌剧来匹配目前硬件设施居全球首位的"大剧院后起之秀",却是颇费思量也颇令关心者焦虑的大事。早就听说有多家"世界级"的歌剧院愿意承当这一荣耀,但就中国人民的感情而言,与其接受米兰斯卡拉歌剧院或伦敦科文特花园皇家歌剧院的毛遂自荐,绝不如恭敬地延请底蕴深厚、风格朴素、制作原典且与中国有着源远流长亲密关系的圣彼得堡马林斯基剧院和他们的灵魂人物瓦列里·格吉耶夫来履行数年前的承诺。

如今没有太大悬念的谜底已经揭开,虽然不是心向往之的穆索尔斯基的《鲍里斯·戈杜诺夫》,不是更具意识形态意义的《战争与和平》,不是挑战极限、大而无当的高加索版《尼伯龙根的指环》,但是格吉耶夫最终选定的鲍罗丁四幕歌剧《伊戈尔大公》仍被证明是一个无可争议的理想选择。牵动国人十年之心的国家大剧院在此历史性时刻同样是幸运的,因为历史悠久的马林斯基剧院奉献的不仅是该剧院百年镇院之作,而且全心全意地出动了超过五百人的豪华鼎盛阵容,格吉耶夫、普特林、鲍罗迪娜、格查高娃……十年前的梦幻组合,今天即使在俄罗斯本土凑齐尚属不易,而他们为了中国国家大剧院歌剧院开幕这一历史性事件,将以2001年首演的原班阵容,为中国观众呈献俄罗斯音乐史上最辉煌的史诗,最伟大的歌剧制作。

这是一部真正意义的古典主义和民族主义的正歌剧,也称得上是"大歌剧"。既有正统厚重的大主题,又有涉及世界历史发展进程的背景,同时兼有东西方文化风貌,放在世界歌剧之林都有一枝独秀的魅力。这是一个爱国主义与浪漫爱情相交织的充满光明与健康的故事，父亲和儿子一同率军出征，不幸战败被俘，父亲不受利诱，一心逃走；儿子堕入情网，与敌国公主相爱。我总认为这样的故事还应该有个续集，其结局应当像果戈理的《塔拉斯·布尔巴》那样才更有悲剧震撼力。所以我说《伊戈尔大公》不是悲剧，而是正剧，史诗剧，特别适合做庆典演出。基于这种性质，《伊戈尔大公》的大场面是没有限度的，舞台有多大，军队、仪仗和群众就可以放下多少；誓师出征的场景，夜幕下营地的狂欢，东方宫廷的奢华，在这部表演时间长达四个多小时的史诗剧中，达到铺张渲染的极致，能和它媲美的只能是另一部俄罗斯歌剧《鲍里斯·戈杜诺夫》的加冕典礼。不过也可以有另外的一番联想可以享用，从布景到舞台调度，从齐刷刷的群众动作到随音乐而定的静态造型，每个中国人恐怕都似曾相识。

《伊戈尔大公》有着梦幻般的创作班底，编剧是俄罗斯强力五人团的精神支柱和思想导师斯塔索夫，作曲集鲍罗丁、里姆斯基-科萨柯夫和格拉祖诺夫三人之力而成，鲍罗丁的整体结构和音乐素材，里姆斯基-科萨科夫的管弦乐配器，格拉祖诺夫的修饰整合，以如此方式创作出来的歌剧在世界音乐史和俄罗斯音乐史上同样独一无二。该剧1890年4月在马林斯基剧院首演，1954年重新排演。格吉耶夫主持下的马林斯基剧院的新制作首演于2001年12月，毫无疑问是最完备最优秀最具传统价值和艺术性的版本，它几乎可以作为俄罗斯民族歌剧的象征而载入史册。

本次来京为国家大剧院"开幕",虽然距首演已有六年,但主要演员基本没有更换,而格吉耶夫也保证率最佳阵容在国家大剧院登台,那么正值巅峰状态的鲍罗蒂娜和格查高娃将继六七年前的《阿伊达》和《叶甫盖尼·奥涅金》之后,再次现身中国歌剧舞台,一展她们圆润醇厚的歌喉和极富本真特色的表演才能。虽然饰演伊戈尔大公最成功的俄罗斯男中音雷菲克斯和普特林此次不能在国家大剧院亮相,但迪米特里·沃伦索夫正作为格吉耶夫的新宠,开始在众多俄罗斯剧目中担纲主角,相信他的功力不会在前辈之下,因为俄罗斯实在是太盛产低音声部的男歌手了。

虽然我不想过于强调早已脍炙人口的源出此剧的《波洛维茨人之舞》,但听音乐会演奏是一回事儿,现场看"原汁原味"的表演又是另一回事儿。音乐是充满格吉耶夫式霸气和暴力的粗犷之声,合唱是高耸云霄回荡在天穹之下的呼喊,舞蹈是骠悍的武士舒展矫健的腾跃以及美丽少女妙曼魅惑的婀娜。这段长达二十分钟的"群戏"因为中间穿插着戏剧的发展和对话而成为"戏眼",绝非法国大歌剧或威尔第歌剧中硬加进去的"芭蕾舞"所能比拟,它作为第二幕的结束,将全场气氛掀到高潮。

到国家大剧院享受歌剧

经常被高调喊出的"礼仪培训"无非是把十几年来各大演出场所开演前的广播内容再重复一遍,其目的是深入人心还是转化为行动,至少从这些条条框框中看不出所以然来。

西历圣诞节，被位于天安门广场西侧的国家大剧院选为歌剧院开幕的日子，上演的剧目是俄罗斯圣彼得堡马林斯基剧院的全阵容全版本的鲍罗丁歌剧《伊戈尔大公》。据我所知，这个 2001 年新排版净演出时间是四个小时二十五分钟，算上最保守的幕间休息二十分钟乘以三次，又是一个小时，也就是说如果开演时间提前到晚七点，剧终时也要在第二天了，而且表演一旦精彩到观众不依不饶地反复喝彩、演员反复谢幕，凌晨一点能出得了那巨大的水蛋，算是很正常的事情。不过此时公交系统的运输工具肯定都歇了，趁着平生难得一次的高兴劲儿，再破费一点银子打个出租回家，一晚上的好心情延续到第二天甚至更远当不是问题。

对于大多数向往大剧院生活的人来说，突然面对一部分量超重的歌剧鸿篇巨制，缺少了心理和身体的适应过程，不能不说有点冒险的意味。国家大剧院的开幕，一方面使这种冒险提前到来，另一方面也会在它的成长过程中逐渐消灭所有的冒险者。在这个越来越讲究特定场所礼仪的公共社会中，历史似乎在一步一回头地倒着走，即便大多表现在形式行为层面，它至少还是维系了某些传统的元素不被高速发展的经济所湮没，我们通常把这些越来越珍贵的形式主义的表现叫做"文明"。

应当庆幸第一次冒险遭遇的是与我们在情感上最亲近最有渊源的俄罗斯大歌剧《伊戈尔大公》，而不是瓦格纳的《帕西法尔》或柏辽兹的《特洛伊人》。后两部戏经常被德国和法国的新建歌剧院用来开张，它们体量和《伊戈尔大公》相差无几，但绝对沉闷晦涩得多。当然我不能说它们的音乐不及鲍罗丁、里姆斯基－科萨柯夫和格拉祖诺夫三人联手的《伊戈尔大公》，事实上是我们更习惯于俄罗斯的带有浓郁民歌基础的曲调，而对欧洲音乐史上具有明显革命色彩的里程碑之作需要一个慢慢学习和熟悉的阶段。

好在《伊戈尔大公》自始至终都是热闹非凡，大场面接二连三，几乎没有冷场或拖沓的地方，所以就不会出现像各种各样的景观版《阿伊达》那样，一到第三幕男女主人公在地下墓穴里倾诉衷情，二重唱唱得没完没了的时候，来自天南海北的游客观众们便耐不住纯艺术的折磨，在午夜到来之前纷纷离去。去年在北京欣赏格吉耶夫指挥马林斯基剧院基洛夫乐团演出音乐会版《姆岑斯克县的麦克白夫人》时也遇到这样的纷乱与不敬，到第三幕时场内只剩不到一半观众。此刻我想到的便是肖斯塔科维奇真不该把故事越写越深刻，把音乐越写越讲究，把热闹越写越少，明明是点睛之笔，却让人感觉乏味得很。

考验我们是否"叶公好龙"的时候到了。伟大的《伊戈尔大公》不是《茶花女》和《托斯卡》那样脍炙人口的"轻飘飘"的抒情戏，它是有着浩瀚时代背景的史诗剧，是不同于悲剧和喜剧的"正剧"，是需要好整以暇、正襟危坐严肃观赏的巨幅经典。从西方歌剧史的流变看，它是区别于意大利歌剧和法国歌剧的真正高雅艺术，就像新中国建立以来一直都在孜孜以求探索创作的歌剧一样，结构高于形式，叙事重于炫技。欣赏这样的歌剧，观众应当心存庄严而神圣的参与感，因为在舞台上无比壮观的仪典面前，观赏者比表演者更容易群情激昂，心潮澎湃，每一位有幸身临现场的人，难道不应该把愉悦而激动的心情保持始终保持完整吗？

如何享受歌剧院生活，全在如何利用演出前及幕间休息的空间。如果说我们以前因条件所限没有这样的机会，那么在有了国家大剧院之后，这方面的配套设施应该不成问题了。首先把晚餐安排在演出前的剧院餐厅会感到很舒适很从容，幕间休息如果时间充裕亦可以进餐，要不喝点香槟、红酒甚至啤酒也会心满意足，当然在此过程中完成社交活动就再自然不过了。一般歌剧都是三幕，有两个幕间休息，但是《伊戈尔大公》是四幕歌剧，三个幕间休息如何分配如何消磨其实也很费踌躇。毕竟不能总喝酒总吃东西，去听听乐评人的高谈阔论，去前厅看看展览，或者到剧院外面的水面旁散散步呼吸一下夜晚的空气，都不失为一种与剧院相关的享受。

享受歌剧院生活是一种心态，遵守"剧院礼仪"则是另一种心态，经常被高调喊出的"礼仪培训"无非是把十几年来各大演出场所开演前的广播内容再重复一遍，其目的是深入人心还是转化为行动，至少从这些条条框框中看不出所以然来。我以为在目前的状况下，只要保证两点，这些繁文缛节倒是可以忽略不计的。第一点是热爱艺术，尽管很难真正做到，至少方向没有问题，符合人类一心向上的惯性思维；第二点就是要有起码的耐心，所谓"起码"就是一个基本的尊重他人劳动的前提，比如不迟到，不中途退场，不无谓地乱鼓掌……这些都和"耐心"与否有关，至于拍照、不关闭手机铃声甚至接电话等，完全可以上升到道德的层面去鄙视，自然就超出我们喜欢讨论的人与事的范畴。

纽约爱乐的"马"时代

借用尼采的分类法,如果说马泽尔在贝多芬的作品中呈现的是酒神的祭祀与狂欢,那么我希望在勃拉姆斯第四交响曲中能够听到太阳神崇拜的壮丽与狂喜。

2001年底传来消息，纽约爱乐乐团为离任的德国指挥库特·马舒尔选定的继任者竟是年过七旬的美国指挥家洛林·马泽尔，而在此之前的马泽尔，早已过了指挥生涯的巅峰期，虽然作为客座指挥每年光顾诸如柏林爱乐乐团、维也纳爱乐乐团、伦敦交响乐团、阿姆斯特丹音乐厅乐团等，但其在法国国家乐团、巴伐利亚广播交响乐团及匹兹堡交响乐团担任首席指挥期间，却鲜有精彩演出和录音出现，无论状态或是人望，都无法和他四十岁以前缔造的辉煌相比。媒体对此的评论是马泽尔属于过渡性人物，纽约爱乐从未放弃寻找一位能够继伯恩斯坦、布莱兹和马舒尔之后为乐团发展带来脱胎换骨般变化的强力人物，很显然，马泽尔并不符合这样的要求。而马泽尔的继任者阿兰·吉尔伯特更是水平低得像一出笑话，此为后话。

今年是马泽尔上任纽约爱乐的第七个年头，随着年复一年的音乐季和巡演，马泽尔的纽约爱乐潜移默化般地在专业人士、评论家和音乐会听众心目中成为"品牌"。如果说梅塔时代的纽约爱乐已渐失老牌乐团的底蕴而流于浮夸、马舒尔因矫枉过正而使乐团在打上浓重德奥印记时已缺少轻灵与激情的话，马泽尔在与纽约爱乐长达七年的稳定合作中，不仅重振个人雄风，使自己的艺术生涯绽放第二春，同时也把纽约爱乐乐团重新带入世界顶级乐团的行列。

马泽尔毫无疑问是一位天才，而天才最大的敌人便是"成长"。但天才又是具有直观的外在表现的，被天才的光环迷惑的人群往往看不到天才的内在心路历程。如果以冷静客观的态度考量最近十年的马泽尔，将他为数不多的在TELARC、

SONY、RCA和DG的新录音与此前在DECCA的脍炙人口的"马氏名版"作一个简单的比较，就会发现，马泽尔的音乐内涵越来越丰富，诠释在于揭示作品原本隐藏的内蕴，而个人色彩越来越微不足道，作曲家在他的心中已处于神的位置。在对瓦格纳、柴科夫斯基、理查·施特劳斯、斯特拉文斯基和德彪西等名作的解读方面，我们听到的不再是服从于马泽尔个人风格，而是一个独到心得迭出、令人耳目一新的版本，聆听新的马泽尔，便是一个对作品进行更深入理解的过程。

与他的前任马舒尔最大的不同在于，马泽尔掌握的曲目不仅全面，而且诠释风格多元。他既擅长于德奥浪漫主义经典，又在法国和俄罗斯音乐演释方面有不俗的名望和骄人的成就。这次亚洲巡演在曲目上可谓琳琅满目，首首都是交响乐团硬碰硬的"试金石"。就个人聆听经验而言，我对马泽尔的门德尔松第四交响曲"意大利"及柴科夫斯基的第六交响曲"悲怆"作强力推荐，因这一轻一重的两端在马泽尔那里正可以大展力度的控制和色彩的铺陈功力，他当年指挥维也纳爱乐录制的这两部作品所表现的跌宕有度、间疏得当充分体现了他对心仪的音乐驾轻就熟的天分，相信他会在上海的音乐会上仍将给听众以崭新的印象。所谓经典的"常演常新"，正是在马泽尔这般量级的人物手里才能变为现实；我本人所期待的当然是贝多芬的《柯里奥兰》序曲和勃拉姆斯的第四交响曲。马泽尔的贝多芬具有浓浓的诗意和斑斓的色彩，音乐的走向凌厉而不坚硬，轻盈而不浮夸。对于祭典式的《柯里奥兰》序曲来说，这些特性显得格外重要。我从未听过马泽尔指挥的勃拉姆斯交响曲，特别是第四交响曲，在几乎鲜有完美演奏的今天，年近八旬的马泽尔能否给我们交上一个既精彩又富启发性的答卷呢？借用尼采的分类法，如果说马泽尔在贝多芬的作品中呈现的是酒神的祭祀与狂欢，那么我希望在勃拉姆斯第四交响曲中能够听到太阳神崇拜的壮丽与狂喜。

英伦的德奥正统之声

同样年届八旬的科林·戴维斯在使伦敦交响乐团日见"枯瘦",往"仙风道骨"的境界日益接近;马舒尔的伦敦爱乐呈现的居然是"殊途同归",只是它的血肉依然丰满,质感依旧鲜活。

英国的音乐潮流在将近二百年的历史发展中，总是呈现出两极的趋势。一方面格外迷恋于英伦本土的音乐及其表现风格，另一方面又异常醉心于德奥音乐的正统诠释，甚至到了意识形态化的地步。尽管最近一个世纪以来，德奥系统的指挥家并未在英国音乐生活中扮演重要角色，但最伟大的英国音乐大师却无一不是德奥音乐的忠实信徒，如果把他们作为堡垒的守卫者或者看墓人，恐怕也不过分。想想看，有多少莫扎特、贝多芬、门德尔松、勃拉姆斯甚至瓦格纳和马勒的权威解释者来自英伦的指挥家和交响乐团，又有多少德奥音乐的唱片录音名版来自英伦的唱片公司。

从交响乐团的综合指数考量，伦敦交响乐团（LSO）毫无疑问是具有国际化背景的NO.1，但这毫不妨碍我对伦敦另一伟大乐团的由衷喜爱，这就是曾经在托马斯·比彻姆、安德莱恩·波尔特、乔治·索尔蒂、伯纳德·海丁克、克劳斯·滕施泰特、维尔瑟－莫斯特、库特·马舒尔的先后执掌中，德奥风格扎实深厚并日新月异的伦敦爱乐乐团（LPO）。

我毫不讳言伦敦爱乐乐团是英国最具德奥风格的乐团，因为我从来都是奉波尔特的勃拉姆斯、索尔蒂的莫扎特、海丁克的布鲁克纳、滕施泰特的马勒、维尔瑟－莫斯特的门德尔松以及马舒尔的舒曼为经典的。

时隔三十余年，我们又可以在北京聆赏伦敦爱乐乐团的演出。我不知道乐师中是否还有上次来华的成员，如果有，新落成的国家大剧院音乐厅一定会给予他恍如隔世般的震撼。马舒尔曾在十年前率领纽约爱乐乐团来过北京，当他年届八十高龄站在国家大剧院音乐厅的指挥台上时,他耳朵回收的贝多芬一定与当年人民大会堂带电的声音有天壤之别。

一切都像是重新开始,三十年前的伦敦爱乐之声,十年前的马舒尔之声,在北京都要传递新生的感觉。两场音乐会的曲目提供了参照聆听的可能,因为他们不仅是伦敦爱乐的保留曲目,更是马舒尔情有独钟的擅长。不同于波尔特、索尔蒂、海丁克和维尔瑟－莫斯特音乐风格中的纯西方化倾向,我对社会主义的贝多芬、勃拉姆斯和老柴有先天的好感。刚刚为巴伦波伊姆和柏林国家乐团的贝多芬和勃拉姆斯击掌叫绝,便可以在马舒尔身上重新获得人类健康情绪的适度快感。马舒尔长期执掌曾经属于民主德国的德累斯顿爱乐乐团和莱比锡格万德豪斯乐团,然而在三十余年前,他的诠释风格居然以前卫激进著称,对他的前辈阿本德洛特、邦加茨和孔维奇尼构成革命性的颠覆,从而为他日后的"西进"奠定基础。

马舒尔艺术生涯第二个黄金年代由纽约爱乐及伦敦爱乐岁月组成,其中还可以加入法国国家乐团的插曲。马舒尔是少有的讲究结构细节和音色微妙变化的东欧阵营指挥家,所以他可以在纽约爱乐乐团无边际地扩展曲目,在法国国家乐团"班门弄斧"地大秀迷离朦胧的声音调色板。比起另一位我尊崇的民主德国系指挥家滕施泰特,同样是指挥伦敦爱乐乐团,在同样的曲目中,马舒尔始终控制了激情的泛滥,所以他回避了马勒和布鲁克纳,而在贝多芬、舒曼、门德尔松和勃拉姆斯相对理性的音乐中寻找结构的平衡和色彩的均匀。不同于伦敦交响乐团的"薄"与"透",马舒尔棒下的伦敦爱乐乐团布局宏伟,结构绵密，声音厚重，能量感十足，这是演绎德奥和老柴音乐的必备要素，也是正统血脉的基本要求。当抒情性越来越成为音乐解读的"味精"时，老一辈艺术家总是在为实现音乐阐释中的"绿色革命"而不遗余力。同样年届八旬的科林·戴维斯在使伦敦交响乐团日见"枯瘦"，往"仙风道骨"的境界日益接近；马舒尔的伦敦爱乐呈现的居然是"殊途同归"，只是它的血肉依然丰满，质感依旧鲜活。如何来证明这一点？柴科夫斯基的第五交响曲和勃拉姆斯的第一交响曲是最好的试金石，你即使听过无数版本，都莫要错过马舒尔和伦敦爱乐的"天作之合"，听过莱比锡格万德豪斯和纽约爱乐的人会更有意想不到的感觉。

顶级乐团的"新旧对决"

不同于盛名垂宇宙的维也纳爱乐乐团,我们需要有机会来对柏林德意志交响乐团及其新任掌舵者因格·麦茨马赫作一番认识。

比起维也纳爱乐乐团一个半多世纪的历史，同样名声显赫的柏林德意志交响乐团完全是一个乐坛"新兵"。在即将到来的阳春三月，两个乐团先后在国家大剧院音乐厅上演德奥交响乐经典，为对德奥古典及浪漫主义音乐情有独钟的乐迷奉献久违的盛宴大餐。

执棒维也纳爱乐乐团的指挥家是中国人民非常熟悉的祖宾·梅塔，以我们的营销逻辑判断，当今世界能够和家喻户晓的维也纳爱乐乐团相匹配的指挥家还真找不出第二个人，特别是他不仅先后四次在维也纳爱乐新年音乐会亮相，而且还频繁造访中国，最近更是多次陪伴华人钢琴家郎朗出镜，曝光率和知名度完全可以和娱乐明星媲美。值得欣慰的是，这次维也纳爱乐乐团带来的曲目竟是前所未有的"大份儿"又"加量"，虽仍属主流范畴，却不再是大众熟悉的贝多芬、勃拉姆斯、柴科夫斯基、德沃夏克唱主角。当然，我的奢望是如何才能听到世界上最好的"马勒乐团"来中国演马勒。因为平心而论，梅塔最让我推崇的恰恰也是马勒，他为何不利用这次与海丁克及芝加哥交响乐团脚前脚后的机会PK一番呢？不过，能够听到同样算作理查·施特劳斯和勋伯格专家的梅塔来上演《英雄的生涯》和《升华之夜》已经非常令人满足了，更何况这两部风格迥异的乐队作品从来就是维也纳爱乐的专利，因为它们对乐队的整体素质和音响结构的把握方面有非常高的要求。在我看来，乐队版的《升华之夜》不仅有繁复的调性变化，而且在情感的层次递进方面充满微妙的细部处理，对指挥和乐师的理解力和表现力都是严峻的考验，从这个角度讲，我对维也纳爱乐更为放心一些。

从个人对作曲家的感情来说,我肯定最不想错过海顿的第104交响曲和舒伯特的C大调第九交响曲。前者作为"交响曲之父"的该体裁完美的"封顶"之作,在其问世二百余年后的今天,被作曲家一生热爱的"生长之城"最佳乐团用来向2009"海顿年"致意。后者虽然有一个响亮的标题——"伟大",在国人心目中尚不如"未完成"更为知名。就舒伯特在交响乐史的地位而言,"伟大"显然更具有里程碑的意义,它几乎汇聚了舒伯特音乐世界最迷人的花朵,是短命天才留给这个世界最艳丽炫目的花火。我们可以说,录音史上最优秀的演绎版本都来自维也纳爱乐乐团,因为舒伯特正是这个音乐之都不死的精灵。

不同于盛名垂宇宙的维也纳爱乐乐团,我们需要有机会来对柏林德意志交响乐团及其新任掌舵者因格·麦茨马赫作一番认识。该乐团在最近十几年间步入黄金期,音乐总监麦茨马赫在风格理念上与前任长野健基本一脉相承,演绎范围偏重现当代作品,音响特点追求清新华丽,对线条结构条分缕析的追求胜于对音色的质感塑造。我以为该乐团这次来京演奏曲目除了《罗恩格林》前奏曲之外,并没有亮出他们的独门利器,也就是说他们没有安排哪怕一首现当代作品在音乐会曲目单上。无论是门德尔松的E小调小提琴协奏曲还是贝多芬的降E大调"英雄"交响曲都不是柏林德意志交响乐团的擅长。当然,许多以解读现当代作品见长的指挥家总是怀有挑战往昔经典的情结,只是在面对年轻的乐队时常现心有余而力不足的窘态。即便对于还算年轻的小提琴家泰茨拉夫来说,门德尔松远不如贝尔格、席曼诺夫斯基等更能得心应手，他在西方乐坛的名气也大多通过现当代作品打造，何必"不远万里来到中国"便扬短避长，屈尊俯就呢？我在柏林和萨尔茨堡曾经现场聆听过柏林德意志交响乐团的音乐会，虽然指挥全是长野健，但乐团的整体水平以及对现当代作品结构的准确把握给我留下深刻印象。我本来对该交响乐团此次访华演出心存期待，但我对报出的曲目实在不很感冒。德国能够将这套曲目演绎在水准之上的乐团不下十几个，唯独柏林德意志交响乐团不应在其中，想想看，它可是在全德排名不出前五的世界级乐团啊！这里再补充一句足以令人大跌眼镜的话：麦茨马赫的才华只在长野健之上，他的音乐更加迷人，更加感人。

"四重奏"大观

一个在德奥受过教育的波希米亚音乐天才最终死于德国的集中营,他的音乐是自贝多芬至勃拉姆斯的归宿,是历史的预言,是现代音乐的启示录。

货真价实的"柏林爱乐"四重奏团即将在国家大剧院上演的两场音乐会对我最大的吸引力不是他们的名气与实力，而是堪称弦乐四重奏"大观"的曲目。从海顿、莫扎特到贝多芬、舒伯特，再从勃拉姆斯到舒尔霍夫，这是"深得我心"的安排，令我顿生"得遇知音"的感觉。如此纯粹而有品质的曲目设计，不仅将地道德奥弦乐四重奏风格的线索清晰地体现出来，而且也正是可以最大限度凸显"柏林爱乐"四重奏艺术特质的路向。

　　海顿的作品 17 号六首弦乐四重奏长期被忽略的原因，恰恰可作为线索源头的理由，它并不是严格意义的弦乐四重奏，而更像是带有低音声部的三重奏鸣曲，由此引出的莫扎特 D 小调四重奏（作品 421）因其"献给海顿"的标题而更显得意味深长。接踵而来的贝多芬 E 小调四重奏（作品 59）第二首有宣告艺术新时代到来的寓意，如果说贝多芬在此之前的六首（作品 18）还有明显的海顿和莫扎特痕迹，"献给拉祖莫夫斯基"的三首（作品 59）则完全是贝多芬自己的语言，甚至这首 E 小调的开头都能感觉到与交响曲中的"英雄"及钢琴奏鸣曲中的"热情"同样的耳目一新。舒伯特的 A 小调"罗莎蒙德"四重奏（作品 29）是一首德国山水情怀浓郁的叙事曲，它像一股清泉流淌在贝多芬至勃拉姆斯的连绵山峦间，那种沁人心脾的浪漫和优雅不由令人心向往之，还有淡淡的愁绪，这也许是舒伯特最动人的四重奏作品。作为两场音乐会的压轴之作，勃拉姆斯 B 大调四重奏（作品 67）具有一往无前的气概，它是勃拉姆斯同类作品中最欢畅如歌的，与贝多芬和舒伯特的意境相当接近。

　　经过两天六首作品的演奏历程，"柏林爱乐"四重奏已经将弦乐四重奏这一最高贵音乐表演形式推至巅峰层面，在此之前的插曲——埃尔文·舒尔霍夫的作品我更愿意理解为德奥浪漫主义洪流奔腾入海而溅起的炫目浪花。一个在德奥受过教育的波希米亚音乐天才最终死于德国的集中营，他的音乐是自贝多芬至勃拉姆斯的归宿，是历史的预言，是现代音乐的启示录。正是因为有了这部作品，"柏林爱乐"四重奏的两场音乐会才有了"大观"的意蕴，才使得弦乐四重奏的"来时路"呈现出开放的前景。

我很庆幸这样一套思想性、学术性和音乐性并重的音乐会曲目不是由某个特别知名的职业四重奏团来演奏，而是由专业水准极高、在演奏四重奏时又格外认真投入的交响乐团四重奏组来完成，当然这个乐团偏偏是世界最顶级的柏林爱乐乐团。

听说另一支最顶级的乐团——维也纳爱乐乐团也有一个以乐队首席莱纳·库舍尔的名字命名的四重奏团，其他三位成员是否声部首席我还不清楚，但从知名度来看，显然柏林的四位首席获得的专业界好评更多。

尽管最近二十余年柏林爱乐的首席再也没有卡拉扬时代的米歇尔·施瓦尔贝那样的名气，但现任首席丹尼尔·斯塔布拉瓦技术过人，音色浓郁质朴。我曾经现场听过他与小提琴家尼格尔·肯尼迪合作的维瓦尔第双小提琴协奏曲，深深佩服他的音乐可塑性和协作精神。其实在我看来，他在四重奏组里的另外三位合作者倒是来头更大一些，第二小提琴克里斯蒂安·施塔德尔曼是布兰迪斯的高足，中提琴内特哈德·里萨的小提琴启蒙老师正是柏林爱乐乐团历史上最大牌的首席施瓦尔贝，而大提琴迪特马尔·施瓦尔克竟然走的是一条独奏家之路,其师皮埃尔·富尼埃更是一代泰斗、琴界至尊。

由这四位正值当年的柏林爱乐首席组成的弦乐四重奏团可谓阵容豪华鼎盛,他们之间的举重若轻的配合更是具有大开大阖的整体感,并且在音色方面追求纯粹的质感,强调精神层面的审美取向,而全然没有著名的职业四重奏团那种因过分的娴熟默契而导致的油腔滑调甚至哗众取宠。

当我欣赏他们演奏的莫扎特时,不由自主地想起小提琴宗师约胡迪·梅纽因曾经对他们说过的话:"真希望我所听到的音乐都能像你们演奏得如此美妙。"当年他们在伦敦维格莫尔音乐厅成功首演后,评论界甚至找不出恰当的词汇来赞美他们,结果"最棒的四位"之论不胫而走,这大概就是对他们的朴素艺术的最朴素的认同吧?

科隆的古乐竞技

在我的印象里,戈贝尔永远都是停留在巴赫《赋格的艺术》和《音乐的奉献》那样雅致而剔透的意境里,即使在已经比较世俗热闹的泰勒曼的《餐桌音乐》里,戈贝尔都尽量回避动态起伏和古乐演奏越来越时髦的"紧绷感"。

熟悉并喜欢"古乐"的乐迷没有人不以为莱恩哈德·戈贝尔的名字"如雷贯耳",当然和这个名字密不可分的是德国的"科隆古代音乐合奏团"(Musica Antiqua Köln)。这个由戈贝尔在1973年创立的大学生古乐团于古乐运动的滥觞年代异军突起,专注表演法国和意大利巴洛克时代被遗忘的作曲家的室内音乐和宗教音乐。1977年,古典唱片界的龙头老大DG旗下的巴洛克音乐厂牌ARCHIV为这个当时最年轻的古乐组合录制了第一张唱片,竟是Mancini, Sarri, Barbella和Valentine的竖笛与弦乐队协奏曲!天知道为什么这样的曲目也会畅销到令唱片公司迫不及待地签下了长期录音合约,以至于到今天正好三十多年过去了,戈贝尔和科隆古代音乐合奏团仍然是ARCHIV的不贰之臣。想想连超级摇钱树加迪纳、平诺克这样的古乐泰斗都被ARCHIV无情放弃了,更可见戈贝尔和他的古乐团在唱片巨头心目中的分量。

三十年的录音生涯,戈贝尔和科隆古代音乐合奏团为ARCHIV贡献了近百张唱片,除在生僻曲目开发方面填补许多空白之外,给乐坛带来最大满足的无疑还是巴赫与泰勒曼系列,这是他们得以全球扬名的主打产品,也是他们能够跻身世界排名靠前的几大古乐团的可靠保证。

本来,戈贝尔和科隆古代音乐合奏团在德国是罕遇敌手的,只是最近几年形势发生了许多变化。先是许多以古乐录音为主的独立厂牌异军突起,不仅"复古"理念越来越极端,现场表演更是极尽现代为体、古代为用之能事,而且在市场营销方面机动灵活,大抢表演和录音的市场份额,一时风生水起,成为古典音乐商业复苏的强心剂。

堪称当今古乐第一品牌的法国 HARMONIA MUNDI 旗下的古乐音乐家和合奏团多得快数不过来，仅在德国便一手捧出弗莱堡巴洛克乐团、科隆协奏乐团、柏林巴洛克乐团等，他们与法国、比利时、荷兰、西班牙及意大利的古乐团几乎垄断了最近十年的各种古乐大奖。

与戈贝尔的古乐团同处一个城市的科隆协奏乐团（Concerto Köln）成立于 1985 年，乐团成员同样是科隆音乐学院的大学生。从这个乐团最初的经历来看，它还构不成对科隆古代音乐合奏团的威胁。首先它一直缺少一个灵魂人物，乐团首席维尔纳·埃尔哈特不像戈贝尔那样既当指挥又兼独奏，而是以开放的姿态欢迎众多的古乐大师来指挥乐团或巡演或录音。为巴洛克歌剧伴奏是这个乐团很长时间的主业，它曾经长驻巴黎的香榭里舍剧院和柏林的菩提树下大街国家歌剧院，以所谓原汁原味演奏蒙特威尔第和莫扎特的歌剧而为全欧洲乐坛熟知。它在雅科布斯、哈雷维格、麦吉根等巨星的指挥下，足迹几乎踏遍最著名的音乐节，无不成为古乐迷、歌剧迷追捧的对象。

虽然科隆协奏乐团并不把科隆作为自己的主要阵地，但只要是在科隆举办的音乐会上，观众喝彩的热烈程度已远远超过戈贝尔的乐团。与年轻的协奏乐团相比，戈贝尔的音乐手法已经有些呆板和老套了，可就在二十年前，他却是以激进闻名于世的。从我对这两个古乐团的现场聆听和唱片欣赏等方面看，也是更喜欢协奏乐团多一些。且不提它在 HARMONIA MUNDI 的大量录音吧，仅就它于 2003 年签约 ARCHIV 的第一张唱片《梦回东方》（Dream of the Orient）的聆听感受，就已经对我固有的古乐概念造成前所未有的颠覆。所谓"古乐",其实就是那个时代的"流行音乐",我一直相信,音乐中的"本真运动"是在两个词汇上做文章,一个是"时代感",一个是"现代性",二者之间怎样协调,是当代古乐大师孜孜以求的目标。我从科隆协奏乐团和弗莱堡巴洛克乐团的表演和录音里看到了这种协调的崭新高度,那确实是一个令人激动、令人销魂的时刻。

科隆协奏乐团签约ARCHIV五年来,一直剑走偏锋,录一些创意重于内容的稀奇古怪的曲目,大秀音响效果,每一张都可称之为古乐"发烧碟"。去年的莫扎特年,给了这个乐团为新东家录制主流曲目的一次机会,这张莫扎特专辑既有弦乐小夜曲K.525、D大调嬉游曲、降B大调小夜曲"大帕提塔"和《魔笛》序曲这样的"俗曲",还加入很少听到的芭蕾舞音乐《无名小卒》(Les Petits Riens)以及《剧院经理》序曲。我感到吃惊的是在这张唱片里完全听不到以往Harmonia Mundi的声音,莫扎特不仅"发烧""爆棚",而且沉甸甸的,特别是那首我最喜欢的嬉游曲完全失去了轻盈和灵动,变得张力十足,充满戏剧性。

似乎是为了和另类的协奏乐团一较短长,我刚刚听到的戈贝尔的乐团为法国电影《舞蹈国王》录制的配乐也一反固有风格,把路易十四时代的吕利音乐演奏得惊天动地,高潮迭起。如果我不是一再地去翻唱片说明书,我是怎么也不敢把这样的音响与戈贝尔联系在一起。在我的印象里,戈贝尔永远都是停留在巴赫《赋格的艺术》和《音乐的奉献》那样雅致而剔透的意境里,即使在已经比较世俗热闹的泰勒曼的《餐桌音乐》里,戈贝尔都尽量回避动态起伏和古乐演奏越来越时髦的"紧绷感"。

克莱默与贝尔曼

神秘的鲍里斯即将揭开面纱,而不神秘的克莱默则永远是顶级艺术的代名词。

虽为同龄人，艺术水准也在伯仲之间，但在全球乐迷心目中，克莱默的知名度要远大于贝尔曼。但是，要记好了，是小贝尔曼而非大贝尔曼。大贝尔曼名拉扎尔，已于几年前仙逝，享年七十五岁，生前多次来中国演奏，名声如雷贯耳，远在克莱默之前。问题是前不久我就接连收到消息说贝尔曼"又"要来开音乐会了，有人甚至还多此一举地讲起他上次来北京的逸事，显然是把两个贝尔曼混淆了。不过名为鲍里斯的小贝尔曼在行内的功夫也十分了得，他是公认得俄罗斯学派真传的钢琴大师，早年师从奥伯林，后来在美国深造，很快实现转型，成为诠释现当代音乐的重量级人物。也许他在钢琴教育界的声名要大于在演奏界，他在耶鲁大学举足轻重，桃李遍天下，个个身手不俗，光耀师门。

从聆听唱片角度来评价鲍里斯，他无疑是演奏斯克里亚宾和普罗科菲耶夫的当代权威，他的琴声明亮、清澈、时髦、睿智，既有学究气，又重深度刻画，在风格提炼方面倾注全力。这次北京音乐会曲目不出所料地列有普罗科菲耶夫，而且是C大调奏鸣曲，可以现场见识该曲演奏的高级境界。

和克莱默一样，鲍里斯近年也与当代音乐结下不解深缘，不仅在西方不遗余力推广同胞德尼索夫和施尼特克的作品，还多次成功举行凯奇、利盖蒂、施托克豪森和贝利奥新作品的首演。在耶鲁大学听鲍里斯边演奏边讲解当代作品是一种难得的机缘，可惜他这次来北京没有安排这样的曲目。不过，德彪西的《意象集》、《儿童乐园》、《版画集》的现场演奏可不是随便可以听到的，至少近十年在国内音乐厅内少见演奏全本。以鲍里斯·贝尔曼现当代音乐的造诣，他的德彪西同样值得期待，说不定会带来意想不到的惊喜。至于海顿C大调奏鸣曲，更是考较钢琴家底蕴修为和键盘控制力的梦魇般的作品，举重若轻或举轻若重，最难的是不着痕迹，浑然天成。

神秘的鲍里斯即将揭开面纱，而不神秘的克莱默则永远是顶级艺术的代名词。在欧洲听克莱默的音乐会可有多项选择，即便这次访华演出，竟然也有上海和北京的选择。表面看起来北京的演出阵容小于上海，在上海演奏维瓦尔第和皮亚佐拉《四季》的波罗的海室内乐团只有四人造访北京。不过从欣赏音乐和克莱默的角度，我更推崇北京音乐会的曲目，这可以称得上十足的克莱默黄金曲目，是只有在他的演绎下才可见真章的唯一版本。

与马勒和施尼特克有关的两首钢琴四重奏，小提琴一枝独秀，克莱默的主导地位不可动摇。中提琴美女乌拉·乌丽乔娜和钢琴帅哥安德列斯·兹拉贝斯目前在西方乐坛的人气越来越旺，难得他们仍紧随克莱默而不肯单飞，我今年夏天刚看过他们在奥地利菲拉赫合作的爱沙尼亚作曲家阿沃·帕特的《空白》，而同样的节目我在2004年、2005年分别在萨尔茨堡和戛纳还看过两次，乌丽乔娜的进步可谓神速，现在已俨然大师风范。

我也可以这样说，越来越被重视和喜爱的理查·施特劳斯的小提琴奏鸣曲，当今没有能够超过克莱默的演奏者，他在DG唱片公司的录音是不可替代的精彩演绎，为了这支曲子，全中国的小提琴家都应该在这一天来中山音乐堂"朝圣"。

肖斯塔科维奇的钢琴、小提琴和大提琴三重奏在近十余年诞生的每一个优秀演奏都有克莱默的参与,这是只有克莱默唱主角才能窥见音乐真相的作品,作为作曲家的晚辈,克莱默从未在致敬方面有所怠慢,我曾听过他整场肖斯塔科维奇作品的音乐会,深信缘分的神奇,悟性的宝贵。克莱默的血管里流淌的血液一定有肖斯塔科维奇和施尼特克的成分,如果我这样说话不算扯得太远的话,我希望北京下次迎接克莱默的时候,能聆听他的施尼特克和阿沃·帕特。

克莱默的"王国"

那乐曲高潮处响彻的此伏彼起的手机铃声在弦乐缠绵的背景下具有一种令人黯然神伤的奇妙功能,很容易把它与施尼特克的一些作品联想到一起。

曾经把现场聆听克莱默和他的波罗的海室内乐团当作每年必做的一件事情，以至于我不仅在北京、上海还有萨尔茨堡和菲拉赫以及法国的夏纳都很幸运地赶上了他们的音乐会。似这等聆赏的疯狂，我在其他音乐组合中并未发生过，足见我一度对克莱默音乐的痴迷。

　　克莱默把他对弦乐音乐的理想表现状态的全部实验都放在他创建的波罗的海室内乐团上，他们从成立那天起，便不遗余力地传播推广新形态的现当代音乐作品，特别是波罗的海沿岸各国包括俄罗斯的当代作曲家鲜为人知的音乐。如今，上述国家许许多多的作曲家都在争先恐后地为克莱默和他的室内乐团创作或改编符合这个乐团演奏特性的作品，我格外钟爱的一张唱片当然是这类内容最纯粹的一张，因为它的名字就叫"克莱默王国"（KREMERLAND, DG 00289 474 8012）。

　　谢尔盖·德莱茨宁根据李斯特的钢琴曲《但丁读后》（Après une lecture du Dante）改编的小提琴与弦乐队版是这张唱片中唯一具有完整结构的古典风格作品，改编者把钢琴的炫技转移给小提琴，并有同样大肆卖弄技巧的其他弦乐器推波助澜，风生水起。克莱默的演奏不断增加力度，由急促而疯狂，却不失严肃庄重的意蕴。改编后的乐曲同样分五个乐章，以第二、三乐章最为展开抒情，其中小提琴和大提琴的对答独奏尤为委婉动人。当然，克莱默努力提携的年轻女大提琴手玛莎·萨德拉巴的表现力比起克莱默还是逊色不少，突出感觉是克莱默的音乐活灵活现，生动有趣，而萨德拉巴的琴声中规中矩，缺乏表情变化，现场聆听更为相形见绌。

莱奥尼德·奇吉科的《莫扎特主题幻想变奏曲》（Fantasy Variations on a Theme by Mozart）是本张唱片中演奏时间最长的曲目，达二十五分钟。它采用了莫扎特A大调钢琴奏鸣曲（K331）的主题进行自由变奏，具有幻想曲风格。作品原本为钢琴、弦乐队与打击乐而写，但为了给克莱默的独奏以表现的机会，作曲家特意在第七变奏和第一个华彩乐段为小提琴写了桑巴风格的炫技独奏。奇吉科还是一位爵士造诣非常精湛的钢琴家，他在这个录音中亲自演奏钢琴，到了爵士风格的乐段时，他的演奏多有即兴发挥的成分，一时把乐思带到离莫扎特很远的地方。

亚历山大·瓦斯丁的《向基顿致敬的探戈》（Tango Hommage à Gidon）完全投克莱默所好，小提琴的位置十分突出，而且有大量的沉溺于深度刻画乐段，倒是探戈的节奏并不那么明显，却像极了克莱默惯于演奏的阿斯托尔·皮亚佐拉的音乐，所不同的是泛音应用较多，冥想的成分占有相当大比例，打击乐作为背景的点睛之笔更加突出了音乐所要表现的空旷寂静之美。这是充满了克莱默式冥想的音乐，极易令人沉醉其中。

这些作曲家中最著名的是格鲁吉亚作曲家吉亚·坎切利，他的《拉格－基顿－泰姆》（Rag-Gidon-Time）也是专为克莱默和他的乐队而写，演奏时间虽短，却是一首晶莹剔透的弦乐小品，独奏小提琴以表现泛音为主，弦乐队用拨弦呼应，音响效果十分奇特，极大程度发挥了克莱默独有的呼吸空间感。

亚历山大·巴科什《没有回答的呼唤》（The Unanswered Call）形势最为新颖，为小提琴、弦乐队和手机铃声而写，充满时代感，令人眼前一亮。那乐曲高潮处响彻的此伏彼起的手机铃声在弦乐缠绵的背景下具有一种令人黯然神伤的奇妙功能，很容易把它与施尼特克的一些作品联想到一起。这种带有悲剧感的题材使用的却是极具现代性的元素，其立意不可谓不高。当然，乐曲中也有比较明朗的旋律，正因为有这样的对比，当手机铃声再度频繁响起的时候，那种揪心的感觉已经很难承受了。在我看来，这部作品是本张唱片中最值得细细回味的"音乐"。

乔治斯·佩莱齐斯的《会见一位朋友》（Meeting with a Friend）出现少有的欢乐与振奋昂扬，从头至尾像一首进行曲，却仍给弦乐器留下广阔的表现空间。如果说以前诸首乐曲或多或少给心头种下阴霾，那么这首乐天达观的乐曲出现便足以驱散乌云，迎来遍地光明。如果深究作品含义，或者置身于故事当中，感人的力量立即扑面而来。在苏联最黑暗的时候，被放逐苦寒之地的作曲家在某次旅行经过莫斯科的时候，与同样是作曲家的老同学马蒂诺夫相会，那是在他的许多同学或朋友一次次婉拒与他见面之后的一次意外约会，怎不令他欣喜若狂，激动万分！这次珍贵的会面给了他创作的灵感，这看起来形式结构都非常简单的小品，所表现的却是一种发自肺腑的意气风发。

本来聆听的高潮到此处该打住了，但余音袅袅的音乐还在设计之中。德莱茨宁根据伊萨克·杜纳耶夫斯基写的电影音乐《马戏团》改编的弦乐小品充满趣味性，波罗的海室内乐团的乐手在演奏的同时还要歌唱与聊天，形成非常热闹的音响效果。用这种轻松的方式结束悲剧性占据上风的《克莱默王国》倒真是一个不错的结局。

贝尔与圣马丁的"天作之合"

看来贝尔还是难以割舍他和圣马丁室内乐团的联系,以至于他始终认为与这个其实已经物是人非的王牌乐团在一起的时光是音乐灵感迸放的一刻。

"德艺双馨"并风靡全球的小提琴家约书亚·贝尔上次来北京是在五年前,他的亮相波澜不惊,甚至少有人知,大概正符合他的一贯风格,所谓"知之为知之,不知为不知",前者有福,后者不免令人惋惜。先不谈贝尔的小提琴造诣究竟如何,仅从大众"追星"层面看,贝尔也许是当今古典乐界最具市场号召力的"非美女"小提琴家,一张电影《红色小提琴》原声专辑卖出几十万张,最近上市的电影《反叛军》(DEFIANCE)同样因为贝尔以忧郁而感伤的琴声加盟,电影"原声"的销售业绩亦超过影碟本身。

目前在内地购买SONY唱片颇为不易,因此接触贝尔的录音总是断断续续,我主动寻找的一个是他和刚刚在国家大剧院惊艳现身的指挥家罗杰·诺灵顿合作的贝多芬D大调协奏曲,另一个便是他指挥圣马丁室内乐团的维瓦尔第《四季》。

我知道贝尔很早,二十余年前我收藏的密纹唱片正是他的成名录音——门德尔松和布鲁赫的小提琴协奏曲,尼维尔·马里纳指挥圣马丁室内乐团。贝尔年未及二十即以"金童"蜚声乐坛,接下来十几年,DECCA唱片公司几乎为他灌录了史上最重要的协奏曲,这些录音珍品在贝尔转签SONY之前,以廉价"小双张"出版了"收藏全集",应当算作老东家慷慨馈赠的很动人的"分手礼"。

贝尔年少成名不仅得益于他青春阳光的"帅哥"形象,他对作品严谨内敛的解读风格使他的许多录音晋身名家版本之列,比如门德尔松、普罗科菲耶夫和巴伯的协奏曲俱为一时之选,今天听来仍能感受到内蕴深厚、情绪激荡的生命力。

SONY时代的贝尔重新引起我的关注其实并非因为电影《红色小提琴》的流行，而是缘起英国指挥大师罗杰·诺灵顿的一次谈话，他说贝尔是目前唯一可以用"纯音"演奏贝多芬D大调小提琴协奏曲的主流小提琴家。所谓"主流"，即有别于使用仿古乐器的"非主流"；而"纯音"只是针对现代乐器而言，通俗说法就是"不揉弦"。按诺灵顿的观点，"揉弦"陋习正是来自一百多年前独奏家的技术诉求和表现欲，以至于最终传染给整个乐队。当诺灵顿先后在斯图加特广播交响乐团和萨尔茨堡室内乐团实践他的"本真演奏"理念时，他已经将"纯音"的企图扩及独奏家身上。约书亚·贝尔成为第一个"志同道合"者。

　　我们难以置信，一个以演奏浪漫主义音乐为主的主流小提琴家，一个在电影配乐中如此具有如泣如诉煽情魅力的"时尚音乐家"，竟然受诺灵顿爵士的"蛊惑"，以"不揉弦"的指法和提速的弓法如履薄冰般几近于枯燥无味地演奏完贝多芬那么才情四溢、柔情似水的小提琴抒情诗篇。从聆听录音角度考量，我并不以为这是一次成功的尝试，但贝尔能够沉下心来，将表现的欲望压制到最低，仍然令我动容惊叹。

　　看来贝尔还是难以割舍他和圣马丁室内乐团的联系，以至于他始终认为与这个其实已经物是人非的王牌乐团在一起的时光是音乐灵感迸放的一刻。他和英国圣马丁室内乐团的共同排练中，倡导每位乐手畅所欲言，充分思考并提出意见，他们一起为寻找最恰当的协作表现方式而切磋琢磨，圣马丁室内乐团在演奏巴洛克及古典主义音乐方面积累的丰富经验为贝尔的憧憬提供了最可信赖的保证。尽管如此，贝尔和圣马丁室内乐团还是通过一系列的巡演真正建立关于录音曲目的默契，他们总是在最佳状态下一起走进音乐厅或录音室。

贝尔和圣马丁室内乐团所共同呈现的音乐回避或着不如说消灭了所有的"刻意为之"，无论是音质、节奏还是色彩，都呈现着轻松的惬意和自由奔放的激情。音乐不再是充满描绘性的外在美感，它有了兴致勃勃的魂魄，有了美好生活的引领性价值。它是那么纯净自然，那么不动声色地令你兴奋，令你内心骚动狂喜。

对于更多的乐迷来说，终于盼来了有五百多张录音唱片的圣马丁室内乐团，但昔日传奇的掌舵人马里纳终还是缘悭一面，继任者布朗女士不幸早逝，种种遗憾只有靠人气正旺的约书亚·贝尔来弥补了。

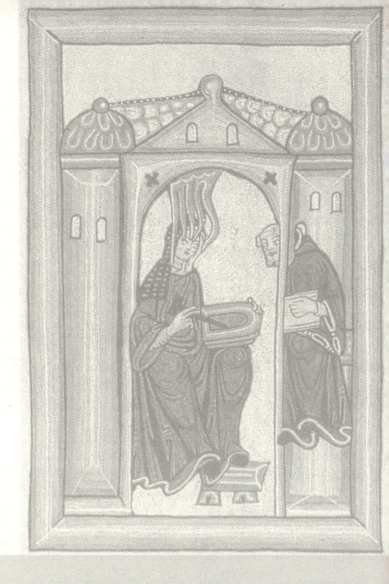

徜徉于上帝呼吸间的羽毛

在一个相对寂静的空间,一旦希尔德加德的歌声响起,气场就随之存在,我的每一次聆听都彷佛是第一次听,但感受却是常听常新,新的希望也就不断降临。

在我日常心生烦恶之时，我通常会用一张唱片或某种类型的音乐来检讨自己的定力。因了这样的机缘，我对"宾根的希尔德加德"产生了奇妙的热忱。虽然迄今我都对这位生活在八九百年前的女修道院院长所知甚少，但是她的音乐却给了我最真实的纯净和虔诚的感动。也许我们今天听到的录音里的演唱早已面目全非，但我还是愿意回味或讲述我所了解的关于"她"的一切。

希尔德加德应当算作音乐史上第一位女作曲家，她1098年出生于莱茵河畔的贵族家庭，是家中第十个孩子。希尔德加德曾自称从三岁开始就能看到《圣经》里的幻象并可以预知未来。八岁的时候，她被送给胡塔修女（Jutta of St.Disibrod），随她在本笃会修道院中学习拉丁文，不过她的文法学得并不系统，从而可以毫无拘束地以自己的直觉来运用语言，使她的词汇和句子风格呈现出丰富层面的含义象征。胡塔修女死后，三十八岁的希尔德加德被拥戴为新的修道院院长。五年后的一场致命大病痊愈后，希尔德加德写下这样的文字："在我四十八岁零七个月时，天堂开启，一道明亮的灼目光芒从天而降涌入我心灵之中。它像一片火焰，不是燃烧我，而是使我燃烧。就在那一瞬间，我已能领悟各卷书：诗篇、福音书及旧约、新约中的每一部真义。"这就是关于希尔德加德最著名的传说，虽然也有现代学者认为她的所谓看到了"愿景幻象"很可能是一位癫痫病患者的臆想，但是无论如何，希尔德加德最终用诗歌和音乐描绘了这个愿景幻象，它是那么感人，那么真实可信，那么令人肃然起敬。希尔德加德的名声越来越大，她和她的追随者后来迁移到宾根附近的鲁佩尔茨伯格，在那里建立起新的圣堂，倡导新的静修方法，直到1163年被再次正式任命为修道院院长。希尔德加德的一句名言是："我看到明亮的天空，从中听到很多种音乐——我听到欢乐的天国居民的颂赞，赞颂那坚定的信念。"所以希尔德加德的圣咏音域更宽广，有很多大跳，特别是在每首歌曲的结尾处高潮之前能够表现出强烈的动感。这些歌曲的原稿都是单声旋律，没有伴奏，但是现在整理并演唱出来的许多录音都会有一个或一个以上的长长的持续音符作为伴奏。在希尔德加德生活的年代，教堂所用的音乐称为素歌(plainchant)，音乐跟随简单的单一旋律，通常一个文字音节对上越多的音听起来便越庄严肃穆，而希尔德加德的音乐大多是一个字对一个音，以象征性的语言结合诗句的紧密和音乐性，以丰饶的意象和神秘的美感，给听者以新鲜而源源不绝的能量延续之感。在一个相对寂静的空间，一旦希尔德加德的歌声响起，气场就随之存在，我的每一次聆听都彷佛是第一次听，但感受却是常听常新，新的希望也就不断降临。

　　关于希尔德加德的音乐，她自己说过的一段话倒是可以做最好的注脚："这些像流水一般变化无常的音响与寂静，有时恐怖骇人、神秘莫测并且令人眩目，有时委婉温和、抚慰心灵，然而无论如何都必须经由我的音乐如潮起潮落般的律动传达出来，我的歌一定像是为上帝呼吸间所吹动的羽毛，在空中悠悠飘浮。"这可能是一位圣徒表达自己和上帝之间的关系最富有想象力的形容吧？因为这样一句话，我不再将希尔德加德看作是百科全书式的人物，所谓女性作家、诗人、画家、药学家和科学家都不如一位神秘主义者和女先知更令我着迷。

关于宾根的希尔德加德音乐"复活"，有以下两个录音评价最高。Benjamin Bagby 指挥下的 Sequentia 合奏团是录制宾根的希尔德加德"颂歌"的权威团体，编号为 DEUTSCHE HARMONIA MUNDI 05472 77320 2 的专辑包括八首颂歌，竖琴和两把古提琴的伴奏营造了庄严、神秘而优雅的中世纪氛围。当然 Hyperion 出品的唱片选自希尔德加德音乐与诗歌的选集《天国启示之和谐交响曲》，也是八首作品，由 Gothic Voices 合唱团演唱。Gothic Voices 由克里斯托夫·佩奇 1980 年成立，第二年录制此张给他们带来了极大的声誉，已卖出数十万张，并获得《留声机》杂志唱片大奖，被称为"Hyperion 王冠上的一颗明珠"。

其他比较受欢迎的录音还有《宾根的希尔德加德歌曲》(PSALLITE 242/040 479 PET)；《宾根的希尔德加德：德性之律》(HARMONIA MUNDI 20395／96)；《宾根的希尔德加德：交响（灵性歌曲）》，(HARMONIA MUNDI IC O67-1999761) 等。比较有趣的一张唱片是 EMI 厂牌 1994 年出版的，名为《异象》(Visions)。虽然唱片中所收录的并不完全是希尔德加德的音乐。但演唱者是真正的本笃会修女杰尔曼妮·弗里茨（Germaine Fritz），其虔诚的表情和空灵的歌喉自有动人之处。更有意思的是，唱片说明书介绍了希尔德加德的一些医疗偏方，包括钻石、琥珀、红蓝宝石、栗子、熏衣草、刺荨麻、府萝、亚麻子、肉豆蔻、玫瑰等皆可入药，比如栗子能治虚弱之症，琥珀调酒服下可治胃痛等等。

《浮士德》的伟大践行者

请静下心听一听《旅行年代》的每一种洋溢着美丽芬芳和地中海的浪花溅出的诗情画意吧,那是只有浮士德般的情怀和眼光才能捕捉并铭记的人间美景——美啊!请你驻足!

5月初去上海参加何多苓画展"士者如斯"的开幕式及研讨会，恰好赶上"上海之春"的一场纪念李斯特诞辰200年的专场音乐会，张国勇指挥上海交响乐团演奏A大调第二钢琴协奏曲和《浮士德交响曲》。对我来说，在2011"李斯特年"里总要以自己的方式表达对毕生钟爱的作曲家的致意，却一直找不到一个进入点。那么上海的纪念音乐会是否就是一次机缘巧合呢？说来还真有些不可思议，中国的音乐家竟然以两首国人仍不甚熟悉的两部大型作品拉开了纪念的帷幕，并且取得了巨大的成功。在缠绵悱恻、梦幻迷离的《浮士德交响曲》第二乐章"甘泪卿"的主题层层上升之际，我能感觉到在场全部听众的肃穆与动容，这是多么美妙的聆听瞬间！当第三乐章"梅菲斯托"越来越趋于白热化的时候，场面出现了眩晕的奇景，音乐家们被李斯特施加了魔法，从而进入音乐演奏最高级的忘我状态，这大概仍要归功于李斯特音乐的伟大吧？

当浮士德主题与梅菲斯托主题产生水乳交融般的叠印时，我的脑海浮现的却是李斯特人生不同时期的影像拼贴。为什么李斯特一生都对歌德名著《浮士德》情有独钟、苦思不得其解？在他的笔端，为什么梅菲斯托总是占据比浮士德更为重要的位置？这正是他始终挥之不去的对自身罪孽的忏悔，这种忏悔甚至逸出了原著中浮士德的思想空间。李斯特实际上是在以自己的现实人生，践行着浮士德无可避免的悲剧命运。当我们被末乐章两个灵魂交汇的重影所感动所激励时，真是越发以为尾声的"神秘合唱"实为画蛇添足。因为歌德的《浮士德》是没有结尾的，故事没完，正如人类对世间万物的好奇与探究永无休止。

就西方音乐史的重量级人物而言，李斯特的等级是一部"巨著"，他的一生堪比歌德笔下的浮士德，这并非夸张之论。既然他能够和比他小两岁的瓦格纳惺惺相惜，许为同道人，他的传奇性绝不会在瓦格纳之下。在我看来，任何没有对李斯特引起重视或者仅凭一孔之见而对他肆意挞伐之人，要么受虚伪的道德观影响太深，要么便是无知使然。就音乐创作体裁的多样性而言，有哪位浪漫主义作曲家像李斯特那样言行统一？那样兼收并蓄？他在音乐观念和音乐描述方面的博学，同样是浮士德在现实世界的鲜明写照。李斯特是实实在在当得起人类作为"万物之灵长"的资格的，他天赋异禀，身具盖世才华，却集人性弱点于一身，虽然这弱点在他那里随时都会转化为不可抗拒的世俗魅力，只是他在年迈之际对自己所犯罪孽的清算又太过于严厉了，这严厉超过了浮士德对自己的折磨，使其个人的悲剧性不由化作一把辛酸泪，令人唏嘘。

事实上，李斯特在两百年前降临人世，带来的尽是美好，尽是欢悦，尽是辉煌，也尽是哀婉动人的故事和场景。他终究躲不过桃花劫，只因他为自己选定的角色是女性的拯救者，而瓦格纳恰恰与其相反，他是期望被女性救赎的。从这个意义层面上来看浮士德对二人的影响，瓦格纳的《浮士德》序曲或许只是代表他人生某个阶段的敷衍之作，而李斯特的《浮士德交响曲》则是花大气力思考之后仍不得要领的未竟课题。当我们把交响诗《莱瑙〈浮士德〉的两个场景》和不同演奏版本的《梅菲斯托圆舞曲》与总结性的《浮士德交响曲》并置的时候，我们竟可以从中窥见更多面目的李斯特而不是浮士德。从前我一直以为歌德穷毕生心力完成的《浮士德》是他自己人生的写照，但是李斯特作为《浮士德》的伟大践行者，他做到了前无古人后无来者，这是多么奇特的文化现象啊！

当我们认同李斯特作为《浮士德》的践行者这一文化命题之后，我们再来聆听或审视李斯特的音乐，它们呈现的便是如万花筒一般的五彩缤纷。一个伟大时代的游历者的记录，还有比音乐更好的载体和表达方式吗？请静下心听一听《旅行年代》的每一种洋溢着美丽芬芳和地中海的浪花溅出的诗情画意吧，那是只有浮士德般的情怀和眼光才能捕捉并铭记的人间美景——美啊！请你驻足！

歌德的浮士德无疑具有哲人的特征，而音乐家中以音符表现抽象哲思和宗教寓意做到得心应手的，舍李斯特其谁？那些《安慰曲》和《宗教诗意曲》构成多么宁静的愿景！它抚慰听者心灵，同时具有净化演奏者的神力。试想每一首乐曲都曾经从李斯特优雅修长的指尖流出，我们多么羡慕那些一百多年前亲临李斯特音乐会的听众，他们为他疯狂，为他陷入深思。而今我们所能享受的，却是无限多样化的李斯特，它们也许更适合于通过跨越时空的音响记录来满足我们的种种好奇。

在我写这篇致意文字的夜晚，克劳迪奥·阿劳弹奏的《艾斯特庄园的喷泉》的乐声在静谧中阵阵袭来，令我恍若梦中。这个世界还有比这更美的声音吗？美啊！请你驻足！

口味纯正的 ORFEO

ORFEO对于我来说就是一个特别的符号,一个可以从那里听到口味纯正音乐的载体,一个演绎正宗德国音乐的宝库。

位于慕尼黑奥古斯坦大街七十六号的ORFEO唱片公司是我每次去慕尼黑都想造访的地方，当然这仅仅是一个每次都会萌生的念头而已，我会去那里做什么呢？肯定不是买唱片，也不可能拜会录音师。所以，ORFEO对于我来说就是一个特别的符号，一个可以从那里听到口味纯正音乐的载体，一个演绎正宗德国音乐的宝库。它的品牌名字我喜欢，它录出来的音乐我更喜欢，包括它一点都不花哨的朴素设计（我甚至觉得有些土气和简陋）也处处合我心意。

第一次见到这个牌子就被镇住了，因为在唱片里达到至尊地位的名版不会超过十个，这里居然有一个，就是卡洛斯·克莱伯指挥的贝多芬第四交响曲。传奇指挥家克莱伯留下的公开发行的录音屈指可数，每一个都可以讲出一段故事，故事大意多是卡洛斯录完之后极不满意，想赖帐不允发行，唱片公司就会苦口婆心地做工作，威逼利诱全用上，最后收益的首先是买唱片的人有的听，唱片公司赚了钱还一个劲儿地抱怨克莱伯的版税完全是狮子大开口。大指挥家原来是一个花花公子，日常开销大得惊人，到头来都转嫁到唱片公司身上。不过克莱伯从来都很看重自己，决不轻易允许唱片公司发行他指挥的录音。同样身在慕尼黑的他据说很喜欢逛唱片店，所以我也听说尽管克莱伯的盗版铺天盖地，但在慕尼黑却极少见，生怕被他当场抓住索赔，那可又是天价呀。

正是这家ORFEO，一直都没有放弃与同城的克莱伯的谈判，终于在2003年签下了另一张唱片的发行权，还是贝多芬，这次是《田园交响曲》，还没上市，订单便像雪片般飞来。我曾问过北京一家卖古典音乐唱片的小店,他们都与世界同步了,先是接受订货近百张,后来又先后进货数次,每次都在几十张以上,这在目前一塌糊涂的市场状况下已属奇迹了。不过这当中或许真有什么玄妙不可解的东西,第二年也就是2004年,克莱伯竟然神秘地去世了,许多官方报道都把日期报错了,直到他的子女站出来告诉一个准确日子。

2005年关于ORFEO最大的新闻是,他们终于拿下了同属巴伐利亚州的拜罗伊特在瓦格纳歌剧汇演期间录下的《尼伯龙根的指环》录音,而且是最可以流芳百世的版本——克纳佩尔茨布什1956年的实况录音,那可是群星荟萃、交相辉映的黄金时代的记录啊。据我所知,这可能是拜罗伊特历史上第三个正式授权的版本,前两个一个是1960年代的卡尔·伯姆版,一个是1980年代的皮埃尔·布莱兹版,都是由PHILIPS出版。ORFEO无疑是既讲规矩又有诚意的,等了这么多年直到很骄傲地和瓦格纳的孙子、拜罗伊特节日汇演总指导沃尔夫冈·瓦格纳在唱片首发式上握手言欢。

今日翻检一下多年来积攒下来的ORFEO唱片,深感这个厂牌与老一辈音乐家的感情非同一般,许许多多十分珍贵的演出都通过巴伐利亚广播电台和奥地利国家电台保留下来,ORFEO早期的节目大多来自这两个渠道,于是像富特文格勒、克劳斯、凯伯特、克纳佩尔茨布什、舍尔欣、米特罗普洛斯、赛尔、克利普斯、安切尔、伯姆、巴克豪斯、肯普夫、霍特尔等人早年最优良的录音都出自ORFEO,它们的品质明显好于那些来路不明的所谓"历史录音"。即使到了卡拉扬、库贝利克、吉列尔斯、里赫特、奥伊斯特拉赫、维格、阿尔布莱希特、科林·戴维斯这一代，唱片的内容仍可以与全球最大的几家唱片公司抗衡，我想，为ORFEO冠上"世界最好的实况录音唱片公司"称号恐怕一点都不过分吧。

地处慕尼黑的ORFEO近水楼台，自然包办了巴伐利亚国家歌剧院的现场录音，当然还有歌剧院乐团的音乐会演出，克莱伯、萨瓦利什和梅塔近几年都指挥这个乐团录下不朽的经典，这套系列构成ORFEO的重要组成部分。另外一个重要系列是萨尔茨堡音乐节的节目录音，内容包括歌剧、戏剧、各种类型的音乐会，节目记录甚至上溯到20世纪初的音乐节始创期，而我听到的最晚的录音则是2004年的。

以上带有档案记录色彩的录音都以中价发行，大部头的制作比如刚刚发行的《指环》甚至十四张按八张售价，实在超值得很。不过ORFEO的正价唱片确实也有其贵的道理，最突出一点是全部为数字录音，音响效果极佳，好像盘基材料都比较有档次，手感和中价大不一样。不过在我看来最有价值的还是一些新作品的新录音，恰恰这些新录音市场的销售面非常窄，而ORFEO又把它们做得分外精致，这大概和商业利益的关系便不是那么紧密了，试想录制像乔梅利、埃克、基尔迈耶、吉默尔曼、维莱兹等现当代作曲家的歌剧，付版税是一方面，能卖出去多少张连我都觉得一点把握都没有。

ORFEO似乎还很有人情味，它极大程度地满足了伟大的男中音歌唱家迪特里希·菲舍-迪斯考的指挥欲望，为他和他的女高音妻子瓦拉蒂录制了十几张唱片，使他在三重意义上过足了瘾：指挥乐队演奏马勒《大地之歌》、自己边指挥边独唱里格尔的《乐队歌曲》、为妻子唱瓦格纳《威森东克歌曲》和"伊索尔德的爱之死"伴奏，这该是多么动人的场面啊！

说到这种声乐的专辑，我还忍不住再推荐几张早有定评的"RECITAL"，当年为了找这些唱片可费了我不少劲，今天它们也是我听得最多的几张。记住这些歌唱家的名字吧：女中音 Agnes Baltsa、Grace Bumbry、Brigitte Fassbaender，女高音 Edita Gruberova、Margaret Price、Anna Tomowa-Sintow，男低音 Kurt Moll，男中音 Hermann Prey，男高音 Peter Schreier。他们的歌剧咏叹调或艺术歌曲专辑虽然都以正价发行，但识货的人一定会大赞物超所值。

夏夜雨中的老唱片

  我在聆听一个永远消失的时代,用身体去触摸不真实的幻象,用耳朵去捕捉游移不定的缥缈声音,用心灵去感知渐行渐远的旧日情怀。

今夏雨频，而且多伴有巨雷闪电，夜空常被劈出耀眼的山谷，呈现出夺人魂魄的美丽。夏夜雨中听音乐是一种近乎奢侈的享受，但汹涌翻滚的雷电又分明惊悚撼人，令心中生出莫名的恐惧。恐惧是需要以音乐来抵御的。一种使内心平静的音乐。不是室内乐、不是钢琴，不是独奏曲，而是人声；不是合唱，不是重唱，而是独唱；不是靓声，不是炫技，不是当红巨星，而是年代久远、音响古旧的老录音。雷声隆隆，雨打蕉叶的夏夜，我在听什么？

我在聆听一个永远消失的时代，用身体去触摸不真实的幻象，用耳朵去捕捉游移不定的缥缈声音，用心灵去感知渐行渐远的旧日情怀。沙沙的唱针轨迹，七十八转的悠悠节律，微微颤抖的嗓音，背景中不可或缺的历史嘈杂，它们汇聚在夏日的雨夜，使一切变得柔软、微醺、迷离、感伤。

我在听贝尼亚米诺·吉利，一个永远不可能真实再现的声音，全套五张唱片，便是他在VICTOR唱片公司的全部录音，时间跨度从1921—1932年，英国一家专业历史录音唱片公司ROMPHONE出品，质量和价钱都远高于美国的RCA唱片公司，后者正是从老VICTOR演变而来。

这是吉利黄金时代的全纪录，所谓全部录音甚至包括没有出版的录音素材，比如吉利的代表唱段——比才歌剧《采珠者》中纳迪尔的浪漫曲"你的歌声尚在耳边"，便收入了1929年12月18日同一天的两个录音，一个正式发行，一个尘封资料库半个多世纪。

吉利是独一无二的。没有人怀疑，吉利是天使，他的歌声在声乐史上就那么灵光一闪，前无古人，后无来者，不可模仿，不可复制。任何一首咏叹调、艺术歌曲或者那波里民歌，一经他的嗓音传出，便立刻意境高洁，不食人间烟火。更为奇妙的是，吉利让我们真切地感受到歌唱的乐趣，永远没有黄钟大吕、声嘶力竭，他的歌唱近似吟咏，分句灵活，乐感细腻，温情脉脉，娓娓道来。神迹、爱情、祈祷、渴望，一切崇高的情感，都融化在吉利纯洁而平静的歌声中，你丝毫感觉不到他是一位歌唱家，一位演员，他就是爱神，就是音乐的祭司。

我有一位和父母住在一起的朋友，家中摆着一幅镶在镜框里的照片，那是他父亲1950年代去意大利访问期间在吉利家做客时与吉利一家的合影。照片上的吉利已经很苍老，实在无法将其与那永远萦绕耳际的超群绝伦的美妙歌声联系到一起。对于我的朋友来说，1950年代也很久远了，她从未奢望能够有机会听到吉利的歌声，就连他的父亲虽然在吉利家中听过一次老唱机的录音，现在也印象全无。对于曾经离吉利很近的他们来说，吉利是一个传说，一个无法知晓内容的故事。那次与他在乡间别墅庭院共进下午茶的时光，也已远离吉利的歌声二十余年了。我完全可以想象，不再歌唱的吉利，在生命最后时刻的吉利，当他聆听自己的歌声时，恐怕也有恍若隔世之感吧？

还是那个时代，能够与吉利的声音相匹配的女歌手，在我看来是伟大的德国女高音洛特·蕾曼。我同样搜集到ROMPHONE出品的她在VICTOR的录音共五张唱片，但恐怕不是全部。与吉利天籁般的声音相比，蕾曼的歌声代表了人间最雍容高贵的品质，她的朴素平易，她的温和亲切，她的未加修饰的自然嗓音，无不体现着优雅的极至。

虽然蕾曼是莫扎特、瓦格纳和理查·施特劳斯最具权威性的演唱者，但是我听的最多的却是她的德国艺术歌曲，她是唯一一位能够将舒伯特、舒曼、勃拉姆斯和理查·施特劳斯唱出完全不同韵味的歌唱家。在没有淅沥的雨声和滚地而来的雷声之外万籁俱寂的夏夜，蕾曼的歌声同样充满了随风潜入夜的细致和不真实。舒伯特的忧伤与流浪，舒曼的理智与激情，勃拉姆斯的隐忍与喜悦，还有瓦格纳游吟诗人般的叙述，理查·施特劳斯气度华贵的高傲，甚至沃尔夫的怪异与神经质，无不呈现出眩目的光艳美丽。聆听蕾曼，精神性绝对高于感官性，她如同一个时代的符咒，帮助作曲家完善角色，又随同作曲家的辞世而消失。最惊人的例子便是她与理查·施特劳斯的共存关系，她几乎演遍后者创造的所有角色，甚至是女中音。她塑造的每一个人物都成为范本，然后作曲家便按照她的嗓音和气质再去创造新的人物。作曲家去世了，蕾曼也结束了演唱生涯。

"原版大师"的回归

这次重现从内容到形式已经完全不同于从前,这是真正的"原版",真正的"大师",只是没有特别强调在音响效果上做过什么"重整"。

熟悉唱片的爱乐者都知道，十年前当DG唱片公司推出所谓的"原版大师"（又称"大禾花"）系列唱片时，本已陷入低迷的唱片市场确实为之振作一时。许多立体声早期的模拟录音经过数字重制之后，最大限度地减少了数码味，而将"老烧友"们一直耿耿于怀而不敢忘的所谓"黑胶"味在CD音响系统上给予部分地重现。记得当时最受欢迎的几张唱片包括卡洛斯·克莱伯的贝多芬第五和第七交响曲、伯姆的莫扎特第三十六至四十一交响曲、阿巴多与阿格丽希在DG的第一张协奏曲录音、卡拉扬的勃拉姆斯和舒曼的第一交响曲、哈丝姬尔的莫扎特第二十一钢琴协奏曲、里赫特的柴科夫斯基第一钢琴协奏曲和拉赫马尼诺夫的第二钢琴协奏曲等，这些唱片甫一上市即供不应求，它们要么是版本难求，要么就是比起正价版来价格更便宜、音响效果更好（这指的是在普通系统重放，如果在很高级的系统上，重制过的声音会显得比较假，还是正价版的效果更能经受得住考验）。举个简单例子。小克莱伯指挥的贝多芬第五和第七交响曲，两张正价版每张都刚过三十分钟，因演绎精彩而常年畅销，但也令买者时时肉疼。现在"原版大师"将其合为一张，售价仅为原来的三分之一，声音效果还有极大改善，至少在"套机"里表现得非常"发烧"，被许多人拿来"试音"用，据说这张唱片卖出了上百万张。

后来这套系列连续四五年都在出，曲目范围越来越广泛，甚至连名不见经传的作曲家贝尔瓦尔德以及指挥家富特文格勒的交响曲都出来了。东西多了，选择自然要谨慎一些，不像刚出来的那两辑，四十张唱片几乎照单全收。但是，越出越多的

"原版大师"慢慢让人感觉不太对劲了,本来它当初问世的宗旨是将模拟录音时代的大师黑胶唱片重制,带有反数码、反 CD 的倾向。可出着出着就出到数码录音了,比如小克莱伯指挥的勃拉姆斯第四交响曲、帕尔曼演奏的拉威尔的《茨冈》等。另外有些唱片内容明显不具备"大师"的水准,不仅曲目生僻,更有演奏者从名气到水平似乎都难以服人。我印象中,进入新世纪以后,"原版大师"就无疾而终了,而许多唱片店里都有积压的存货长期无人问津。

好像是从 2004 年开始,DG 开始发行一种环保套盒包装的系列唱片,也就是烧友们常说的"小纸袋"。包装盒设计以黄绿色调为主,封面画的是演奏者的钢笔素描像,让人感觉很考究很亲切。我最初对这个系列发生兴趣是因为它所选择的演奏家都是"真正的前辈大师",而且第一批面世的"大师"几乎都是我绝对心仪的人物,比如钢琴家阿斯肯纳斯、小提琴家施奈德汉、羽管键琴家基尔科帕特里克、指挥家罗斯鲍德、管风琴家瓦尔哈以及歌唱家西莫涅和阿拉蕾。当然,更重要的是,装在这些小纸盒子里动辄八张九张唱片的曲目大多都是第一次以 CD 的形式发行,有一些甚至从未以 LP(慢转黑胶密纹唱片)的形式出版过。这些唱片的录音也并非全为单声道录音,虽然封面上比较常见的副标题大多是"1950s"字样,也有的是某人"在 DG 的全部录音",如果是后者,能活到六七十年代,就会有立体声录音出现,当然了,像最近刚刚上市的雅诺薇茨、班布丽、施特莱希等歌唱家的录音就大多是立体声,听起来就感觉是多赚了几笔。

我是发自内心地喜欢上了这个系列的唱片，认为每一种都物超所值，就算是我已经收集很多版本的富特文格勒，在这个系列的两种里也以从未正式发行过的内容为主，至少在我的收藏里少有重复。不过这个系列到底叫什么名字，却是在我已经拥有十几种之后才无意中发现。在唱片封面最下方，用接近底色的不加任何修饰的浅色字写的是"ORIGINAL MASTERS"，就是已经销声匿迹四五年的"原版大师"。这次重现从内容到形式已经完全不同于从前，这是真正的"原版"，真正的"大师"，只是没有特别强调在音响效果上做过什么"重整"。"原版大师"以本来面目示人，更便宜的价格显示出对该产品文献资料价值的重视，特别是有许多专辑还附送一张大师谈话的录音，这一张CD是作为"Bonus CD"免费赠送的。

根据我的统计，这个珍贵的"原版大师"系列至今已经出版三十五种，平均每种有五到九张唱片，入选者包括指挥家威廉·富特文格勒、保罗·欣德米特、汉斯·罗斯鲍德、赫尔曼·舍尔欣、埃里希·莱因斯多夫、尤金·约胡姆、费伦克·弗里恰伊、伊戈尔·马科维奇、卡尔·伯姆、拉法埃尔·库贝利克、列奥纳德·伯恩斯坦、洛林·马泽尔等，钢琴家威廉·肯普夫、斯蒂芬·阿斯肯纳斯、卡尔·西曼、盖扎·安达，管风琴家赫尔穆特·瓦尔哈，羽管键琴家拉尔夫·基尔科帕特里克，小提琴家沃尔夫冈·施奈德汉，大提琴家皮埃尔·富尼埃，单簧管演奏家里吉纳尔德·凯尔，还有富于传奇色彩的室内乐组合如阿马迪乌斯弦乐四重奏团和雅纳切克弦乐四重奏团，的里雅斯特钢琴三重奏团，以及歌唱家汉斯·霍特、迪特里希·菲舍—

迪斯考、弗里茨·翁德里希、利奥波德·西莫涅、皮埃莉·阿莱蕾、丽塔·施特莱希、葛丽丝·班布丽、阿丝特丽德·瓦尔奈、贡杜拉·雅诺薇茨等。如果让我推荐其中的几种，我只能说我最喜欢的是舍尔欣指挥的十九首海顿最重要的交响曲、莱因斯多夫指挥的莫扎特全部四十一首交响曲、霍特唱的德国艺术歌曲和歌剧选段（有和埃里克·威尔巴合作的《冬之旅》，系首版CD）、班布丽在DG的早期录音（可惜只有三张）、雅诺薇茨的"金嗓子"（包括原来出过的单张"莫扎特的音乐会咏叹调"，最珍贵的是与海丁克合作的理查·施特劳斯《四首最后的歌》）以及瓦尔奈唱的瓦格纳（同样可惜只有三张）。而最有文献资料价值的当属马科维奇的九张、弗里恰伊的九张、阿斯肯纳斯的七张、罗斯鲍德的五张（包括曾经出版的单张西贝柳斯）、西莫涅和阿莱蕾夫妇的七张、"维也纳的夜莺"施特莱希的八张（原来出版过的咏叹调专辑有部分散见其中）、基尔科帕特里克的八张和库贝利克的八张。

我忘记说翁德里希了吗？他的"原版大师"七张不同于DG从前出版过的六张，因为有许多曲目从歌剧的全剧中摘取，甚至还包括别的唱片公司的档案资料。我想我已经通过不同的版本渠道凑集至少在这里占据六张的篇幅，难道我还要为了这"珍贵"的一张（很可能还不到一张，只是几支曲子而已）而去买下整个专辑吗？但是我确实还说过，我不想错过翁德里希的任何一个录音，不论它们是属于哪个厂牌的。

长明的"聚光灯"

这是三张令人爱不释手的唱片,听它们的时候更是需要好整以暇,正襟危坐。那个年代的"聚光灯"至今仍然耀眼,不独声音特性,还有精神气质,都被纯粹与自然的成分填满。

历史悠久的主流唱片公司永远在实施并行不悖的两条原则，以不断推出新人新专辑来延续旺盛的生命力，同时又以各种名目赋予老唱片老录音新亮点，以适应新老爱乐者日益增长弥漫的怀旧情绪。我本人是新唱片的坚决拥护者，同时也不乏怀旧情结，对唱片公司的"新瓶装旧酒"经常表现出格外关注的态度。我当然也不是一个有收藏癖好的人，所以对旧的原版从不见猎心喜，而对于所谓的"重制"，只要在声音方面有所改进（这可能是再版片的最主要优势），即自然感觉到"生逢其时"的欣喜。

　　最近让我引为话题的是DG唱片公司推出的歌唱家"聚光灯"（Spotlight）系列，它在目前DG的制作体系中显得分量较轻，几乎不见宣传，是悄悄出现的，我甚至找不到关于这个系列的总体计划信息，只好就手中的三张唱片谈一点看法。

　　三张唱片各有其"重版"的理由，多明戈的"献上我的爱"（Be My Love）是他三十年前在DG录制的第一张个人独唱专辑；迪·斯泰法诺的"歌剧演唱会"（Opera Recital）是他在DG录制的唯一演唱会专辑，距今也有四十余年了；维什涅芙斯卡娅演唱、罗斯特洛波维奇钢琴伴奏的格林卡和拉赫马尼诺夫的艺术歌曲也是三十年前的录音，这次重版是第一次做成CD。

　　这个系列的唱片有许多共同的特点，其中之一是保留了原版LP的主要数据形态，即装帧设计、说明文字版式（仍旧是LP的AB面曲目顺序）、播放时间保持不变，采用现在流行的"环保"纸质包装，看起来就像被缩小数倍的LP。为保持这种逼真的印象，甚至省略掉对于CD来说必不可少的说明小册子。这样做有一个问题便是演录时间、地点、录音制作人、录音师、装帧设计者等的不详,以往的 LP 在这方面都有欠缺,原封不动地继承下来,这些今人格外关注的信息仍然不详,这就是说我在这里提到的所谓三十年或四十年的时间都是出版时间而非录音时间。另外感觉不太合算的是播放时间太短,以 CD 近八十分钟的容量承载 LP 四十分钟左右的节目当然有点浪费,好在这个系列以中价版发行,其怀旧与纪念意义又大于所谓的"性价比"概念,更何况对唱片播放时间长短的计较一般属于购买唱片初级阶段的心理及行为,在此似不必细加讨论。

这是三张令人爱不释手的唱片,听它们的时候更是需要好整以暇,正襟危坐。那个年代的"聚光灯"至今仍然耀眼,不独声音特性,还有精神气质,都被纯粹与自然的成分填满。在壮年多明戈的热情华丽,晚年迪·斯泰法诺的竭尽全力和盛年维什涅芙斯卡娅的雍容华贵之中,我们听到的是音乐中最核心的要素——真挚,这种真挚当中包含着对音乐的敬畏与珍爱,发自内心,取法性情,不加矫饰,没有炫耀,没有夸张,既有深思熟虑又遵从天然法则。迪·斯泰法诺已经无法重现他的巅峰时期的美声,但我们听到的仅仅是声音本身处于极限门槛前的微微挣扎,于音乐性及歌唱性方面却毫发无损。正像我们在聆听立体声录音时代的卡拉斯一样,当黄金声音不再的时候,我们在音乐上所获得的只有更多,因为大师的刻画更丰富,解读也更深邃。我从来都是把这种大师于自然条件进入衰退期的字斟句酌与竭尽全力当做最后的遗嘱去聆听,去理解。立体声的录音就像落日的余晖,色彩斑斓,光华耀眼,但渐渐暗淡,令愁绪悄然潜入,意兴怅然。

虽然多明戈如今在我心目中是真正的"古典歌王",但是他的声音我从来就没喜欢过。我是被他的成就和精神所打动,深信他是古典歌唱界的第一人。听这张 1976 年他在 DG 的第一张个人专辑,我认为他的声音是没有变化的。三十年前多的是充沛的活力和火热的激情,三十年后则更增添丰富的表现手段和个人修为的魅力。仅从唱片而言,我赞赏多明戈晚期的歌剧录音,虽然多为极限挑战的剧目,但这种挑战既有刺激性又确实动人,挑战的结果便是为挑战对象增加一个别具独特意义的诠释版本,似乎每个都不可轻视。好在这个三十年前的专辑内容是包括意大利、西班牙、德国和英格兰等国在内的民歌,以爱情为主题,歌曲本身好听且脍炙人口,正适合三十五岁的壮年多明戈的全部条件,那青春的不羁,奔放的热忱,滔滔不绝的气息,永远也使不完的力气,还有天生的具有相当纯度的好嗓子,都帮助这个专辑成为多明戈歌唱生涯中不可替代的珍贵记录。

俄罗斯女高音维什涅芙斯卡娅总是将聚焦的光环留给她的丈夫罗斯特洛波维奇,她的"宁缺勿滥"的有限录音堪称个个精美。比较她于三十年前演唱的俄罗斯艺术歌曲,立即感到其后辈明星与她之间存在的差距。维什涅芙斯卡娅的演唱有修养、有品位,丝毫不沾俄罗斯的乡土气,其俄语发音也比较轻柔考究,未加重音强调,似乎在心中有一种西方化的企图。这个专辑的曲目比较少见,更增加唱片的收藏价值。罗斯特洛波维奇的钢琴伴奏似乎激情更为充沛,他的俄罗斯风格虽然已经过滤,但听起来仍然令人激动。

德国人的"荒岛唱片"

德国人最青睐的不是巴赫和莫扎特,也不是贝多芬和瓦格纳,更不是勃拉姆斯和布鲁克纳,而是舒伯特!

在各类音乐期刊上接触所谓的"荒岛唱片"已有二十余年，最近才得到可靠数据，说英国BBC古典音乐广播做"荒岛唱片"栏目已经有大半个世纪了，德国的电台或报刊搞"荒岛唱片"也都有四五十年的历史。BBC几乎把各界名人采访遍了，光首相就被请进直播间七八个；德国的唱片普及似乎没英国那么广泛，所以采访对象一直控制在文化圈子，不过也碰巧遇到几个乐迷总理、部长、议长、市长等。

"荒岛唱片"创意虽然老套得不得了，但被唱片迷玩起来还是乐此不疲，不提英国德国，香港台湾的发烧友们就也跟着玩了十几年了。网络流行以后，几乎所有和音乐相关的论坛都在征集"荒岛唱片"，似乎只有这个题目才能吊起绝大多数人的胃口。

我也在不同历史阶段通过杂志、报纸和网络玩过这种游戏，而且一直兴致盎然，十足认真。所谓"荒岛唱片"其实就是一种对你最喜欢的作品及其演绎的"终极选择"，因为"荒岛唱片"的"唯一性"使得你必须通盘考虑各种因素，既要有挖掘不尽的深度，还须保持可听性。当然也有取巧者，动辄就把一大套全集抱到岛上，在我看来这属于"犯规"。试想你如果选中了巴赫、莫扎特、贝多芬、亨德尔等人的全集，动辄上百张的唱片，和"荒岛"这个概念岂不隔阂甚远？我记得在台湾的一家杂志上，一年下来选瓦格纳《尼伯龙根的指环》的人特别多，好像一套十几张唱片到了荒岛就可以反复聆听、反复理解了。不过在我的心目中，《指环》仍然算是四部戏，而如果让我选择，我只需《女武神》或《齐格弗里德》就足够了。

最近在阅读一本德国著名音乐经理人彼得·鲁策齐卡的书，他在担任电台记者时先后采访了近百名德国和音乐有关的名人，其中有作曲家、指挥家、演奏家、歌唱家、乐团经理、学院教授、期刊编辑、戏剧导演等，当然也有曾经从事过音乐工作的政界要人，比如施密特总理。如果说英国人在BBC上做这个游戏时还有轻松的娱乐成分的话，德国人则显得太严肃，太理性了。且不说音乐在德国人心目中的神圣性，就说他们把"荒岛"完全想象成一个人生阶段，想成一个彼岸世界这种思维方式来看，他们所选出的"荒岛唱片"似乎都要与生命哲学、终极存在发生一点关系。此时被带入荒岛的音乐已经彻底去除了娱乐怡人的因素，而变成需要整日膜拜参详的圣物了。

不过我还是能够被德国人选出的唱片及其理由所感动，因为他们最终关注的还是生命的根本、人间的意义。德国人最青睐的不是巴赫和莫扎特，也不是贝多芬和瓦格纳，更不是勃拉姆斯和布鲁克纳，而是舒伯特！他们喜爱舒伯特恰恰不是因为他的通俗性和可听性，而是他的音乐所触及的人性的深处。因为有了舒伯特，人间世界变得格外娇媚，生命才格外使人留恋，死亡才那么令人惧怕。在这本书里，被选中最多的是舒伯特的C大调弦乐五重奏，排第一的是斯特恩、施奈德、卡迪姆斯、卡萨尔斯、托特里等人演奏的版本，排第二的是阿马迪乌斯弦乐四重奏团加大提琴家威廉·普利斯。第二个版本我从未听过，但第一个版本正是我所珍藏的最令我感动的舒伯特，我总是在每年的一个特定时期里很认真地去聆听几遍，以从中体会生活中那无比柔软的瞬间感受。我没有想到这张唱片居然是德国人的最爱，而且都在他们成长过程中的某个阶段发生过难忘的记忆。

被选中第二多的是瓦格纳的《特里斯坦与伊索尔德》，这点不出意料，在BBC那里，它也是中签率较高的。版本方面基本没有悬念，富特文格勒指挥爱乐乐团、弗拉克丝塔和苏特豪斯担纲主唱的EMI单声道版遥遥领先，即使有特立独行者选择伯恩斯坦、伯姆和卡拉扬版也大多在阐述理由方面显得底气不足。在我看来，伯恩斯坦版好在乐队上，伯姆版好在唱伊索尔德的女高音尼尔森上，而卡拉扬版除了录音效果出色之外，实在是比前三者都差距不小，被采访者弗兰克·米歇尔·拜尔是著名作曲家，他的理由也只是强调了这个录音的音响性及现代主义理念，他偏好卡拉扬的冷酷胜于富特文格勒的深情，这样的选择也就不奇怪了。

仍有一大批人选择了格伦·古尔德演奏的《戈德堡变奏曲》（1981年版），我以为颇有跟风之嫌，这样的答卷是最不需要费脑子的，但肯定会使"荒岛"的生活变得更加了无生趣。说到生趣，我就比较欣赏女中音歌唱家布莉吉特·法斯宾德和大作曲家威廉·基尔迈耶的选择。前者愿意让卡洛斯·克莱伯指挥的1989年维也纳新年音乐会录音陪伴，因为这位有怪癖的天才大师总是让她回忆起艺术生涯中最美好的时光；后者是一位约翰·施特劳斯迷，他最崇拜的指挥大师汉斯·克纳佩尔茨布什"以大博小"，使维也纳的小甜点摇身一变为世界上最豪华的大餐。

整本书里最令我吃惊的是两位当代作曲家，莫里奇奥·卡格尔选择自己作品的一个套装，卡尔海因茨·施特克豪森选择了自己的《光之星期二》，前者一直沉浸在自我的完美认识当中，后者则渴望陷入自创的"宇宙之声"中不能自拔，对于这两位大师来说，"荒岛"是存在于他们精神之中的一个预设前提，在他们的心中，音乐世界早已满目荒芜。